Jennifer

Princesa
en escena

MEG CABOT

Princesa en escena

MONTENA
MONDADORI

Título original: *Princess in the Spotlight*
Traducido de la edición original de HarperCollins Publishers
1350 Avenue of the Americas, New York, NY 10019

Primera edición en U.S.A.: diciembre, 2005

© 2001, Meggin Cabot
© 2001, de la edición en castellano para todo el mundo:
Grupo Editorial Random House Mondadori, S. L.
Travessera de Gràcia, 47-49. 08021 Barcelona
© 2001, Nuria Salinas, por la traducción

Printed in Spain – Impreso en España

ISBN: 0-307-34989-6

Distributed by Random House, Inc.

BD 4 9 8 9 6

Para mis abuelos,
Bruce y Patsy Mounsey,
que no se parecen en nada a los abuelos de este libro

Agradecimientos

Muchas gracias a Barb Cabot, Debra Martin Chase, Bill Contardi, Sarah Davies, Laura Langlie, Abby McAden, Alison Donalty, y a los sospechosos habituales: Beth Ader, Jennifer Brown, Dave Walton y, de forma especial, Benjamin Egnatz.

Cuando las cosas son horribles —sencillamente horribles—,
me digo con todas mis fuerzas que puedo ser una princesa.
Me digo: «Soy una princesa».
No sabes cómo ayuda eso a olvidar.

A Little Princess
FRANCES HODGSON BURNETT

Pues bien. Resulta que estaba yo en la cocina desayunando cereales —ya sabes, la rutina matutina habitual de los lunes—, cuando mamá ha salido del baño con una expresión divertida en la cara. Me refiero a que estaba pálida, tenía el pelo enmarañado y llevaba el albornoz en lugar de la bata, lo cual suele ser síntoma de que está con el síndrome premenstrual.

Y le he dicho: «Mamá, ¿quieres Saldeva? Porque, no te ofendas, pero parece que lo necesitas».

Ya sé que es un poco peligroso decirle esto a una mujer con síndrome premenstrual, pero, en fin, es mi madre. Pero no creo que fuera a reducirme con una llave de kárate, que es lo que le habría hecho a cualquier otro que hubiera osado decirle lo mismo.

De hecho, sólo ha respondido: «No. No, gracias», con voz ofuscada.

En ese instante he supuesto que algo terrible había sucedido. Ya sabes, como que *Fat Louie* se hubiera comido otro calcetín o que nos hubieran vuelto a cortar el suministro eléctrico por haberme olvidado de pescar la factura en la ensaladera donde mamá sigue acumulándolas.

Así que he agarrado a mamá por los brazos y le he espetado: «¿Mamá? Mamá, ¿qué ocurre? ¿Qué ha pasado?».

Ella ha sacudido la cabeza, el mismo gesto que hace cuando no se aclara con las instrucciones para preparar una pizza congelada en el microondas. «Mia —me ha dicho, con una expresión de sorpresa pero alegre—. Mia, estoy embarazada.»

¡Oh, Dios mío! ¡OH, DIOS MÍO!

Mi madre va a tener un hijo de mi profesor de álgebra.

Lunes, 20 de octubre, sala de alumnos

Estoy haciendo verdaderos esfuerzos por tomarlo con calma, ¿sabes?, porque no tiene sentido enfadarse por esto.

Pero ¿cómo NO voy a enfadarme? Mi madre está a punto de ser madre soltera. OTRA VEZ.

Lo lógico habría sido que conmigo hubiera aprendido la lección, pero al parecer no ha sido así.

Como si yo no tuviera ya suficientes problemas. Como si mi vida no fuera ya un desastre. No sé cuánto más se supone que tengo que soportar. Quiero decir que por lo visto no hay suficiente con que:

1. sea la chica más alta de la clase de primer curso;
2. sea también la menos dotada «pectoralmente»;
3. el mes pasado descubriera que mi madre ha estado saliendo con mi profesor de álgebra;
4. también el mes pasado me enterara de que soy la única heredera al trono de un pequeño país de Europa;
5. tenga que asistir a las clases de princesa que me imparte mi abuela paterna... *¡todos los días!*;
6. en diciembre vayan a presentarme oficialmente a mis nuevos conciudadanos en la televisión nacional (de Genovia, que sólo tiene 50 000 habitantes, pero da igual);
7. no tenga novio.

Oh, no, claro. Por lo visto todo esto no es suficiente carga para mí. Además, ahora mi madre tiene que estar embarazada de alguien ajeno a la familia. OTRA VEZ.

Gracias, mamá. Muchísimas gracias.

Pero ¿cómo ha podido ocurrir? ¿Por qué mi madre y el señor Gianini no han empleado ningún método de prevención del embarazo? ¿Qué ha sido de su diafragma? Sé que utilizaba uno. Una vez, de muy pequeña, lo encontré en la ducha. Lo cogí y lo usé como alberca para los pájaros en la casita de mi Barbie durante varias semanas, hasta que mamá finalmente lo encontró y me lo quitó.

¿¿¿Y qué hay de los condones??? ¿Acaso la gente de la edad de mi madre se cree inmune a las enfermedades de transmisión sexual? Obviamente no es inmune al embarazo, así que ¿dónde está la lógica?

Así es mi madre. Si ni tan siquiera se acuerda de comprar papel higiénico, ¿¿¿cómo va a acordarse de utilizar un método anticonceptivo???

Lunes, 20 de octubre, clase de álgebra

No puedo creerlo. De verdad que, por mucho que me esfuerzo, no puedo creerlo.

No se lo ha dicho. Mi madre va a tener un hijo de mi profesor de álgebra *y ni siquiera se lo ha dicho.* Estoy segura de que no lo ha hecho, porque al entrar en clase esta mañana, el señor Gianini se ha limitado a decir: «Ah, hola, Mia. ¿Qué tal estás?».

¿¡Ah, hola, Mia. ¿Qué tal estás?!?

Eso no es lo que uno le diría a alguien cuya madre va a tener un hijo suyo. En realidad uno le diría algo como: «Disculpa, Mia. ¿Podemos hablar un momento?». Luego llevaría al pasillo a la hija de la mujer con quien ha cometido el infame desliz, y se arrodillaría frente a ella para rebajarse, humillarse y suplicar su aprobación y su perdón. Eso es lo que haría.

No puedo evitar contemplar al señor G. y preguntarme qué aspecto va a tener mi nuevo hermano o hermana. Mi madre es superatractiva, como Carmen Sandiego, pero sin la guerrera —otra prueba de que soy una anomalía biológica, pues no he heredado ni la frondosa melena negra y rizada de mi madre ni su talla 95 de sujetador—, así que no creo que deba preocuparme por eso. Sin embargo, el señor G., no sé... No es que no sea apuesto, supongo. Me refiero a que es alto y conserva el cabello (un punto para el señor G., ya que papá tiene la cabeza como una bola de billar). Pero ¿y sus orificios nasales? Prefiero no imaginarlo. Son tan... grandes... Espero de todo corazón que el bebé saque la nariz de mi madre y la capacidad del señor G. para dividir fracciones de memoria.

Lo triste es que el señor Gianini no tiene la más ligera idea de lo que está a punto de caerle encima. Sentiría lástima por él si no fuera por el hecho de que todo es culpa suya. Bueno, ya sé que dos no se pelean si uno no quiere, pero, ¡por favor!, mi madre es pintora. Él es profesor de álgebra.

Deduce quién se supone que es el responsable.

Genial. Sencillamente genial.

Por si las cosas no fueran ya suficientemente mal, ahora nuestra profesora de lengua dice que tenemos que acabar el diario para este semestre. En serio. Un *diario*. Como si yo no estuviera escribiendo ya uno.

Y eso no es todo: al final de cada semana, tenemos que *entregarlo* para que la señora Spears lo *lea*, porque quiere conocernos. Al parecer tenemos que empezar con una presentación y un listado de datos básicos. Luego tenemos que ir anotando nuestros pensamientos y nuestras emociones más íntimas.

Debe de estar de broma. ¡No pienso permitir que la señora Spears se entere de mis pensamientos y mis emociones más íntimas! ¡Si ni siquiera le explico mis pensamientos y mis emociones más íntimas a mi madre! ¿Y voy a contárselas a mi *profesora de lengua*?

No creo que pueda entregar este diario. Contiene cosas que no quiero que sepa nadie, como que mi madre está embarazada de mi profesor de álgebra, por ejemplo.

Bueno, tendré que empezar un diario nuevo. Un diario *falso*. En lugar de anotar mis emociones y mis sentimientos más íntimos, me dedicaré a escribir un puñado de mentiras y entregaré eso.

Se me da tan bien mentir que dudo mucho que la señora Spears note la diferencia.

DIARIO PARA LA ASIGNATURA DE LENGUA
por Mia Thermopolis

¡¡¡NO TOCAR!!!
ME REFIERO A TI,
¡¡¡A MENOS QUE SEAS LA SEÑORA SPEARS!!!

Introducción

NOMBRE:

Amelia Mignonette Grimaldi Thermopolis Renaldo.
Conocida por el diminutivo de Mia.
Su Alteza Real la princesa de Genovia,
o sencillamente Princesa Mia, en determinados círculos.

EDAD:

Catorce.

CURSO:

Primero.

SEXO:

Todavía no lo he practicado. Ja, ja, ja. ¡Era una broma, señora Spears!
Ostensiblemente mujer, pero la falta de «volumen pectoral» sugiere una inquietante androginia.

DESCRIPCIÓN:

Metro setenta y nueve de estatura.
Pelo corto y castaño «ratón» (con nuevas mechas rubias).
Ojos grises.
Talla 40 de pie.
El resto no vale la pena comentarlo.

MADRE: Helen Thermopolis.

Profesión:

Pintora.

PADRE: Artur Christoff Phillipe Gerard Grimaldi Renaldo.

Profesión:

Príncipe de Genovia.

ESTADO CIVIL DE LOS PADRES:

Dado que yo soy el fruto de una aventura que mi madre y mi padre compartieron en la universidad, no llegaron a casarse (entre sí) y actualmente los dos siguen solteros. Probablemente sea mejor así, pues lo único que hacen es pelearse. Entre sí, quiero decir.

ANIMALES DOMÉSTICOS:

Un gato: *Fat Louie*. Es naranja y blanco, y pesa unos doce kilos. *Louie* tiene ocho años y aproximadamente seis de ellos los ha pasado a dieta. Cuando *Louie* se enfada con nosotras por, pongamos por caso, olvidarnos de darle de comer, engulle los calcetines que encuentra por ahí. También le atraen los objetos brillantes y guarda una colección de chapas de botellas de cerveza y pinzas (de la que cree que yo no tengo noticia) detrás del inodoro de mi cuarto de baño.

MEJOR AMIGA:

Mi mejor amiga es Lilly Moscovitz. Lilly es mi mejor amiga desde que íbamos a la guardería. Cuando salgo con ella me lo paso muy bien porque es muy inteligente y tiene un programa en un canal de la televisión pública local: *Lilly lo cuenta tal y como es.* Siempre se le ocurren cosas divertidas que hacer, como robar una escultura del Partenón que los alumnos de la asignatura Derivados del Griego y del Latín construyeron con porexpán para la Noche de los Padres, y exigir a cambio un rescate de cinco kilos de chicles con sabor a lima.

No quiero decir que lo hiciéramos nosotras, señora Spears. Solo lo utilizo como ejemplo del tipo de locura que Lilly podría hacer.

NOVIO:

¡Ja! Ojalá.

DIRECCIÓN:

He vivido en Nueva York con mi madre toda mi vida, a excepción de los veranos, que tradicionalmente he pasado con mi padre en el *château* de su madre en Francia. La residencia principal de mi padre es Genovia, un pequeño país de Europa situado en la costa del Mediterráneo, entre la frontera de Italia y Francia. Durante mucho tiempo se me hizo creer que mi padre era una personalidad política relevante en Genovia, como el alcalde o algo así. Nadie me había dicho que en realidad es un miembro de la familia real de Genovia; que, de hecho, es el príncipe regente, al ser Genovia un principado. Y supongo que nadie me lo habría dicho si mi padre no hubiera sufrido un cáncer de testículo ni se hubiera quedado estéril a consecuencia de la enfermedad, lo cual me ha convertido a mí, su hija ilegítima, en la única heredera al trono. Desde que finalmente me desveló este secreto *ligeramente* importante (hace un mes), papá reside en el Hotel Plaza, aquí, en Nueva York, mientras que su madre, mi *grandmère*, la princesa madre, me enseña cuanto necesito saber como heredera.

Tras lo cual solo puedo decir: gracias. Muchísimas gracias. ¿Y quieres saber qué es lo realmente triste? Que nada de lo anterior es mentira.

Vale. Lilly lo sabe.

Bueno… Está bien, a lo mejor no lo sabe, pero sabe que algo va mal. En fin, por algo es mi mejor amiga más o menos desde que íbamos a la guardería. Intuye perfectamente cuándo me preocupa algo. Nos hicimos muy amigas en primero de básica, el día en que Orville Lockhead se bajó los pantalones delante de nosotras en la cola para entrar al aula de música. Me quedé de piedra, ya que nunca antes había visto unos genitales masculinos. Sin embargo, a Lilly no le impresionó la escena. Tiene un hermano y, claro, para ella la sorpresa no fue tan grande. Se limitó a mirar directamente a Orville y le dijo: «Las he visto más grandes».

Y ¿sabes qué? *Orville no volvió a hacerlo.*

Como ves, a Lilly y a mí nos une un vínculo más fuerte que la mera amistad. Eso explica por qué hoy, al sentarse a la mesa a la hora del almuerzo, le ha bastado con mirarme a la cara para preguntarme: «¿Qué ocurre? Algo va mal. No será *Louie*, ¿verdad? ¿Se ha comido otro calcetín?».

Algo parecido, aunque esto es mucho más grave. No es que el hecho de que *Louie* se coma un calcetín no sea horrible, porque tenemos que llevarlo al hospital y todo eso, y sin perder un minuto, porque podría morirse; y mil dólares después, nos dan un viejo calcetín a medio digerir como recuerdo.

Pero al menos el gato vuelve a la normalidad.

Sin embargo, ¿esto? Mil dólares no pueden curar esto y nada volverá a la normalidad.

Esto es increíblemente vergonzoso. Me refiero a que mamá y el señor Gianini…, ya sabes…, LO HAN HECHO.

Peor aún: LO HAN HECHO sin usar nada. ¡Vamos, por favor! ¿Quién HACE eso en estos tiempos?

Le he dicho a Lilly que todo va bien, que es sólo el síndrome premenstrual. Me ha dado una vergüenza tremenda admitirlo en presencia de mi guardaespaldas, Lars, que también estaba sentado a nuestra mesa comiéndose un burrito que el guardaespaldas de Tina Hakim Baba —Tina tiene guardaespaldas porque su padre es un jeque a quien le da miedo que los ejecutivos de alguna compañía petrolífera de la competencia rapten a su hija; yo tengo uno porque…, bueno, sencillamente porque soy una princesa, supongo— le había comprado en un puestecillo ambulante que suele haber junto a la puerta del Ho's Deli, enfrente de la escuela.

El caso es que, ¿quién confiesa los caprichos de su ciclo menstrual en presencia de su guardaespaldas?

Pero ¿qué otra cosa podía decir?

Sin embargo, he observado que Lars no se ha acabado el burrito. Creo que he conseguido asquearlo.

¿Podría empeorar aún más el día?

En fin, a lo que iba. Pues ni siquiera entonces Lilly ha tirado la toalla. A veces me recuerda a uno de esos perritos falderos que las ancianitas sacan a pasear por el parque. Me refiero a que no sólo su cara es así como pequeña y chata (en un sentido cariñoso), sino que además a veces se aferra a algo y no hay manera de que lo suelte.

Como la conversación durante el almuerzo, por ejemplo. No ha parado de decir: «Si lo único que te preocupa es el síndrome premenstrual, ¿por qué escribes tanto en tu diario? Tenía entendido que te pusiste furiosa con tu madre cuando te lo regaló. Creía que ni siquiera ibas a usarlo».

Lo cual me recuerda que ciertamente me puse furiosa con mamá cuando me lo regaló. Lo hizo porque asegura que tengo mucha ira y hostilidad contenidas y que debo exteriorizarlas de algún modo, puesto que no estoy en contacto con mi parte infantil y tengo una incapacidad innata para verbalizar mis sentimientos.

Me parece que mamá ha estado hablando con los padres de Lilly (los dos son psicoanalistas), y que además ha hablado con los dos a la vez.

Pero entonces me enteré de que soy la princesa de Genovia y empecé a utilizar el diario para anotar mis sentimientos al respecto, los cuales, si repaso lo que escribí esos días, parecen realmente hostiles.

Pero eso no es nada en comparación con lo que siento ahora.

No es que sienta hostilidad por el señor Gianini y mi madre. Al fin y al cabo, son adultos y libres de tomar las decisiones que se les antojen, pero ¿no se dan cuenta de que esta es una decisión que no solo va a afectarlos a ellos sino a todos los que los rodean? Me refiero a que a Grandmère NO va a hacerle ninguna gracia enterarse de que mi madre va a tener OTRO hijo sin estar casada.

¿Y qué pasa con mi padre? Este año ya ha sufrido un cáncer de testículo. Descubrir que la madre de su única hija va a dar a luz al hijo de otro hombre podría matarlo, aunque tampoco creo que siga enamorado de ella ni nada por el estilo. No, en realidad no lo creo.

¿Y qué pasa con *Fat Louie*? ¿Cómo reaccionará con un bebé en casa? Hoy por hoy ya está hambriento de afecto, teniendo en cuenta que soy la única persona que se acuerda de ponerle comida. Podría intentar escaparse, o pasar de comerse solo los calcetines a comerse el mando a distancia, o algo así.

Sin embargo, supongo que no me importaría tener una hermanita o un hermanito. En realidad, podría ser genial. Si fuera niña, compartiría mi habitación con ella. La bañaría con mucha espuma y burbujas y la vestiría, tal y como Tina Hakim Baba y yo hacemos con sus hermanas pequeñas…, y también con su hermano pequeño, ahora que lo pienso.

Me parece que no quiero tener un hermanito. Tina Hakim Baba me ha dicho que los niños te mean en la cara al cambiarlos. Me resulta tan asqueroso que no quiero ni imaginármelo.

La verdad, creo que mi madre podría haber tenido en cuenta todo esto antes de decidir mantener relaciones sexuales con el señor Gianini.

De todos modos, ¿cómo ha sido posible? Al fin y al cabo, ¿cuántas citas ha tenido mi madre con el señor Gianini? No muchas. Bueno, quizá unas ocho. ¿Ocho citas y resulta que ya se ha acostado con él? Y probablemente lo haya hecho un par de veces, porque las mujeres de treinta y seis años no se quedan embarazadas así como así. Lo sé porque no hay manera de hojear la revista *New York* sin ver una infinidad de anuncios de víctimas de la menopausia precoz que solicitan una donación de óvulos de mujeres más jóvenes.

Pero mi madre no. Oh, no. Madura como un mango, así es mi madre.

Claro, debería haberlo sabido. Me refiero, por ejemplo, a aquella mañana en que entré en la cocina y me encontré al señor Gianini en calzoncillos. He intentado aniquilar el recuerdo, pero creo que no lo he conseguido.

Además, ¿alguna vez se ha planteado tomar un suplemento de ácido fólico? Estoy segura de que no. ¿Y se me permite señalar que la alfalfa germinada puede ser letal para el feto? Tenemos alfalfa germinada en la nevera. Nuestra nevera es una trampa mortal para un bebé en gestación. ¡En el cajón de las verduras hay CERVEZA!

Ella podrá estar todo lo segura que quiera de ser una buena madre, pero le queda mucho que aprender. Cuando llegue a casa, pienso enseñarle toda la información que he encontrado en Internet y he impreso para ella. Si cree que va a poner en peligro la salud de mi futura hermanita comiendo alfalfa germinada en los sándwiches y bebiendo café y todo lo demás, se va a llevar una buena sorpresa.

Lilly me ha pillado consultando en Internet información sobre el embarazo.

Ha exclamado: «¡Oh, Dios mío! ¿Pasó algo en tu cita con Josh Richter que no me hayas contado?».

Cosa que no he agradecido precisamente, puesto que lo ha dicho delante de su hermano Michael…, por no mencionar a Lars, Boris Pelkowski y el resto de la clase. Lo ha dicho en voz muy alta, demasiado alta.

¿Sabes? Este tipo de cosas no sucederían si los profesores de esta escuela hicieran su trabajo y se dedicaran a enseñar de verdad de vez en cuando. A excepción del señor Gianini, todos los profesores de esta escuela parecen ser de la opinión de que es perfectamente aceptable encargar un trabajo o una tarea y abandonar el aula para ir a echar un cigarro a la sala de profesores.

Lo cual probablemente sea una violación de la salud, ¿sabes?

Y la señora Hill es la peor de todas. Bueno, ya sé que la clase de Genios y Talentos en realidad no es una clase, sino que se parece más a un espacio de estudio para los «discapacitados sociales». Pero si la señora Hill viniera de vez en cuando a supervisarnos, los alumnos que, como yo, no somos ni genios ni talentos y hemos acabado en esta clase solo porque resulta que suspendemos álgebra y necesitamos horas adicionales de estudio, no sufriríamos el fastidio constante de los lumbreras que asisten a la clase por pleno derecho.

Porque lo cierto es que Lilly sabe perfectamente que lo único que sucedió en mi cita con Josh Richter es que descubrí que Josh Richter me estaba utilizando por el simple hecho de que soy una princesa, y creía que así podría conseguir que su foto saliera publicada en la portada del *Teen Beat*. Ni siquiera estuvimos solos en toda la noche, sin contar el trayecto en coche, y yo no lo cuento, puesto que Lars también iba en él, buscando terroristas de alguna mafia europea que pudieran tener la tentación de raptarme.

En fin. El caso es que he salido a toda prisa de la página que estaba consultando, *Tú y tu embarazo*, pero no lo suficiente para Lilly, que ha seguido exclamando: «¡Oh, Dios mío! Mia, ¿por qué no me lo has dicho?».

La situación empezaba a resultar incómoda, aunque le he explicado que estaba haciendo un trabajo para la asignatura de biología, lo cual no es exactamente una mentira, ya que mi compañero de laboratorio, Kenny Showalter, y yo nos negamos a diseccionar ranas por principios éticos —eso es lo que los demás harán a partir de la próxima clase— y la señora Sing nos ha dicho que, como alternativa, este trimestre podemos hacer un trabajo.

Solo que se supone que el trabajo debe versar sobre el ciclo vital del gusano de la harina, pero eso Lilly no lo sabe.

He intentado cambiar de tema preguntándole a Lilly si sabía la verdad sobre la alfalfa germinada, pero ella ha seguido parloteando sin cesar sobre mí y Josh Richter. No me habría importado tanto si su hermano Michael no hubiera estado sentado allí, escuchándonos en lugar de trabajar en su revista digital, *Crackhead*, que es lo que tenía que estar haciendo. Bueno, tampoco es que lleve toda la vida prendada de él, pero…

Él no lo sabe, por supuesto. Para él, yo solo soy la mejor amiga de su hermana pequeña; eso es todo. Está obligado a ser agradable conmigo porque, de lo contrario, Lilly le contaría a todo el mundo que una vez le sorprendió con los ojos húmedos viendo una reposición de la serie *Siete en el paraíso*.

Además, yo solo soy una humilde novata. Michael Moscovitz es veterano y ostenta el mejor promedio de notas de toda la escuela (después de Lilly), y es, junto con otro, el mejor alumno de su promoción. Y no heredó el gen de la «cara aplastada», como su hermana. Michael podría salir con la chica del Instituto Albert Einstein que se le antojara, con cualquiera.

Bueno, a excepción de las animadoras. Ellas solo salen con chicos deportistas y cachas.

No es que Michael no tenga una complexión atlética. Él no cree en los deportes organizados, pero tiene unos cuádriceps magníficos. Y, en realidad, todos sus «iceps» son bonitos. Lo observé la última vez que entró en la habitación de Lilly para reñirnos por gritar obscenidades mientras veíamos un vídeo de Christina Aguilera, y no llevaba camisa.

Así que no me hizo ninguna gracia que Lilly siguiera allí, hablando sobre mi hipotético embarazo, delante de su hermano.

LAS CINCO RAZONES PRINCIPALES POR LAS QUE RESULTA ARDUO SER LA MEJOR AMIGA DE UN GENIO CONSUMADO

1. Emplea un montón de palabras que no entiendo.
2. Con frecuencia es incapaz de admitir que yo puedo contribuir de forma significativa a alguna conversación o actividad.
3. En grupo, tiene dificultades para ceder el control.
4. A diferencia de la gente normal, al resolver un problema, ella no pasa de la A a la B, sino de la A a la D, por lo que al resto de los humildes seres humanos que estamos en un plano inferior nos resulta muy complicado seguirla.
5. No se le puede comentar nada sin que lo analice hasta la saciedad.

DEBERES

Álgebra: problemas de la p. 133.

Lengua: redacción breve sobre la historia de mi familia.

Civilizaciones del Mundo: buscar un ejemplo de estereotipos negativos de los árabes (películas, programas televisivos, obras literarias) y exponerlo con razonamientos.

G y T: n. s./n. c.

Francés: *écrivez une vignette parisienne.*

Biología: sistema reproductor (preguntar las respuestas a Kenny).

La historia de mi familia

Por parte de mi padre, es posible remontarse en el árbol genealógico de la familia hasta el año 568 d. de C. Ese fue el año en que un jefe militar visigodo llamado Albion, que al parecer sufría lo que hoy se denominaría *trastorno de personalidad autoritaria*, asesinó al rey de Italia y a más gente, y se proclamó rey. Y después de hacerlo decidió casarse con Rosagunde, la hija de uno de los generales del anterior rey.

Pero a Rosagunde no le gustó demasiado Albion después de que este la hiciera beber vino del cráneo de su padre asesinado, así que se vengó de él la misma noche de bodas estrangulándolo con sus trenzas mientras dormía.

Una vez muerto Albion, el hijo del anterior rey de Italia subió al trono. Se sentía tan agradecido hacia Rosagunde que la proclamó princesa de una región que hoy corresponde al país de Genovia. Según los únicos testimonios que existen de la época, Rosagunde fue una soberana amable y sensata. Ella fue mi bisabuela (bueno, repitiendo el *bi* unas sesenta veces) y una de las principales razones por las que Genovia disfruta en la actualidad de la más elevada tasa de alfabetismo y empleo, y el menor índice de mortalidad infantil de toda Europa: Rosagunde puso en práctica un sistema enormemente sofisticado (para la época) de «frenos y equilibrios», y abolió por completo la pena de muerte.

Por parte de mi madre, los Thermopolis fueron cabreros en la isla de Creta hasta 1904, año en que Dionysius Thermopolis, el bisabuelo de mi madre, decidió que no estaba dispuesto a soportarlo más y huyó a América. Finalmente se instaló en Versailles, Indiana, donde abrió un bazar de artículos de menaje y ferretería. Desde entonces, sus descendientes han regentado el Handy

Dandy Hardware Store en la plaza del palacio de justicia de Versailles (Indiana). Mi madre dice que la educación que recibió habría sido mucho menos opresiva, por no decir que también más liberal, en Creta.

- Entre dos y cuatro ingestas de proteínas en forma de carne, pescado, pollo, queso, tofu, huevos o combinados de lácteos con frutos secos y cereales.
- Un cuarto de litro de leche (entera, desnatada o en suero) o derivados de la leche (queso, yogur o requesón).
- Una o dos ingestas de alimentos ricos en vitamina C: patatas, pomelo, naranja, melón, pimiento verde, col, fresas, zumo de naranja.
- Hortalizas de color amarillo o naranja.
- Cuatro o cinco rebanadas de pan integral, tortitas, crepes o pan de maíz, o bien una ración de cereales integrales o pasta. Utilizar germen de trigo y levadura de cerveza para complementar otras comidas.
- Mantequilla, margarina enriquecida, aceite vegetal.
- Entre seis y ocho vasos de líquido: zumos de frutas y verduras, agua e infusiones. Evitar los zumos que llevan azúcar añadido y los refrescos de cola, el alcohol y la cafeína.
- Como aperitivo: fruta deshidratada, frutos secos, pipas de calabaza y de girasol y palomitas.

Es evidente que mamá no va a estar dispuesta a pasar por esto. A menos que pueda aderezarlo con alguna de las perniciosas salsas que venden en su tienda favorita, el Number One Noodle Son, sencillamente no le interesará.

COSAS QUE HACER ANTES DE QUE MAMÁ LLEGUE A CASA

Tirar:

Heineken
Vino de Jerez para cocinar
Alfalfa germinada
Café de Colombia
Galletas de chocolate
Salami
¡No olvides la botella
    de vodka Absolut
    que hay en la nevera!

Comprar:

Complejo vitamínico
Fruta fresca
Germen de trigo
Yogur

Justo cuando creía que las cosas ya no podían empeorar más, de repente lo han hecho.

Ha llamado Grandmère.

¡Es tan injusto! Creía que había ido a Baden-Baden para unas breves vacaciones-vacaciones. Esperaba ansiosa un respiro de sus sesiones de tortura –también conocidas como lecciones de princesa–, a las que me obliga a asistir mi padre, el déspota. Pensaba que podría disfrutar de unas minivacaciones para mí sola. ¿Realmente creen que en Genovia le importa a alguien si sé utilizar el tenedor de pescado? ¿O si sé sentarme sin que se me arrugue la parte trasera de la falda? ¿O si sé decir «gracias» en suajili? ¿No debería importarles más a mis futuros súbditos y súbditas mis puntos de vista con respecto al medio ambiente? ¿Y al control armamentístico? ¿Y a la superpoblación?

Pues, según Grandmère, a la población de Genovia no le interesa nada de esto. Solo quieren estar seguros de que no les avergonzaré haciendo el ridículo en un almuerzo oficial.

Ya ves. Es Grandmère quien debería estar preocupada. De hecho, *yo* no llevo la raya de los ojos tatuada en los párpados. *Yo* no visto a mi animal de compañía con toreras de piel de chinchilla. *Yo* no he sido nunca amiga personal de Richard Nixon.

Pero no, claro, soy *yo* por quien supuestamente todo el mundo está preocupado. Como si *yo* fuera a meter la pata hasta el fondo en mi presentación oficial al pueblo de Genovia en diciembre.

Muy bien.

Pero en fin. Resulta que al final no se fue, debido a que el personal encargado de despachar los equipajes en Baden-Baden estaba en huelga.

Ojalá conociera al responsable del gremio de despachadores de equipajes de Baden-Baden. Si lo hiciera, le ofrecería sin pensarlo los cien dólares diarios que mi padre ha estado donando a Greenpeace en mi nombre por acatar mis deberes como princesa de Genovia, de tal modo que él y el resto de los despachadores de equipajes pudieran regresar al trabajo y yo pudiera perder de vista a Grandmère unos días.

En fin. El caso es que Grandmère ha dejado un mensaje aterrador en el contestador automático. Dice que tiene una «sorpresa» para mí. Se supone que tengo que contestarle cuanto antes.

Me pregunto en qué consistirá su sorpresa. Conociendo a Grandmère, es muy probable que se trate de algo del todo horrible, como un abrigo confeccionado con la piel de cachorros de caniche.

Pues no me extrañaría nada…

Voy a fingir que no he recibido el mensaje.

Lunes, más tarde

Acabo de colgar el teléfono después de hablar con Grandmère. Quería saber por qué no le he devuelto la llamada. Le he dicho que no había recibido su mensaje.

¿Por qué seré tan mentirosa? ¿Es que ni siquiera puedo decir la verdad en las situaciones más nimias? Y se supone que soy una princesa. ¡Por Dios! ¿Qué clase de princesa va por ahí mintiendo a todas horas?

En fin. Grandmère me ha dicho que envía una limusina para recogerme. Ella y mi padre van a cenar en su suite del Plaza. Grandmère dice que entonces me contará la sorpresa.

Me la *contará*. No me la *enseñará*. Con lo cual, con un poco de suerte, queda descartado el abrigo de piel de cachorro.

Supongo que se trata solo de que yo también voy a cenar hoy con Grandmère. Mamá ha invitado al señor Gianini al apartamento esta noche para «hablar». No está precisamente contenta conmigo por haber tirado el café y la cerveza (en realidad no lo tiré; se lo di a nuestro vecino Ronnie). Ahora está zapateando de un lado a otro y quejándose de que no va a tener nada que ofrecer al señor G. cuando llegue.

Le he recordado que es por su propio bien y que si el señor Gianini tiene algo de caballero, también dejará de tomar cerveza y café para ayudarla a ella en los momentos difíciles. Sé que yo esperaría ese tipo de cortesía del padre de mi futuro hijo.

Bueno, me refiero al improbable caso de que en algún momento de mi vida fuera a mantener relaciones sexuales.

Sí, sí, menuda sorpresa fue *eso*.

Alguien debería decirle a Grandmère que se supone que las sorpresas tienen que ser agradables. No hay nada agradable en el hecho de que se las haya apañado para conseguirme una entrevista con Beverly Bellerieve para el programa *TwentyFour/Seven*, en horario de máxima audiencia.

Me importa un rábano que sea el informativo más prestigioso de Estados Unidos. Le he dicho a Grandmère un millón de veces que no quiero que me hagan fotos, y muchísimo menos salir en televisión. ¡Por favor! Ya es suficiente desgracia que todo el mundo que conozco sepa que parezco un bastoncillo para los oídos andante, con el pecho plano y el pelo en forma de señal de ceda el paso. No necesito que el resto del país también lo sepa.

Pero ahora Grandmère dice que es mi deber como miembro de la familia real de Genovia. Y esta vez se ha llevado a papá al agua, porque él no paraba de decir: «Tu abuela tiene razón, Mia».

Así pues, pasaré el próximo sábado por la tarde sometida a la entrevista que me hará Beverly Bellerieve.

Le he dicho a Grandmère que esto de la entrevista me parece una idea pésima. Le he dicho que todavía no estoy preparada para algo de ese calibre. Le he dicho que quizá podríamos empezar por algo «más suave» y dejar que me entrevistara alguien como Carson Davy, el presentador del programa más importante de la MTV.

Pero Grandmère no ha cedido. Nunca he conocido a nadie que necesite tanto ir a Baden-Baden para descansar y relajarse unos días. Grandmère parece casi tan relajada como *Fat Louie* cuando el veterinario le coloca el termómetro ya sabes dónde para tomarle la temperatura.

Obviamente, esto debe de tener alguna relación con el detalle de que Grandmère se depila las cejas y se dibuja unas nuevas todas las mañanas. No me preguntes por qué. En realidad, tiene unas cejas perfectamente aceptables. Me he fijado en el perfil que forman los pelillos que olvida arrancarse. Pero últimamente he observado que cada vez se traza las cejas un poco más arriba, casi en la frente, lo que le confiere una expresión de sorpresa permanente. Creo que eso, en realidad, es consecuencia de todas las intervenciones de cirugía plástica a las que se ha sometido. Si no va con cuidado, un día de estos las cejas se le van a confundir con la línea del cuero cabelludo.

Y papá no ha ayudado mucho al hacer todas esas preguntas sobre Beverly Bellerieve, como si era cierto que fue Miss América en 1991 y si Grandmère sabía si seguía saliendo con Ted Turner (se refería a Beverly) o ya lo habían dejado.

En serio, para ser un tipo que solo tiene un testículo, mi padre dedica mucho tiempo a pensar en el sexo.

Nos hemos pasado la cena discutiendo sobre esto y sobre detalles como si grabarán la entrevista en el hotel o en el apartamento. Si lo hicieran en el hotel, la gente se llevaría una imagen falsa de mi estilo de vida; pero si lo hicieran en el apartamento, según ha insistido Grandmère, la gente se horrorizaría al ver la mugre entre la que he crecido.

Lo cual es del todo injusto. El apartamento no está mugriento. Es solo que tiene un aspecto acogedor y agradable.

«Querrás decir aspecto de no haber visto un trapo en la vida —me ha corregido Grandmère. Pero no es verdad, porque el otro día lo "Donlimpié" de arriba abajo con un producto milagroso con esencia de limón—. Conviviendo con un animal, no entiendo cómo vas a conseguir que la casa quede limpia», ha dicho Grandmère.

Pero *Fat Louie* no es responsable del desorden y la suciedad. El 95% del polvo, como todo el mundo sabe, está formado por partículas de piel humana.

El único aspecto positivo que le veo a todo esto es que el equipo de filmación no va a perseguirme por la escuela. Pese a lo demás, es algo de agradecer. ¡Uf! ¿Imaginas que filmaran cómo Lana Weinberger me tortura durante la clase de álgebra? Sin duda ella empezaría a sacudirme los pompones de animadora en la cara o algo así, solo para demostrarles a los productores lo endeble que puedo ser a veces. Todo el país pensaría algo así como: «¿Qué le pasa a esa chica? ¿Por qué no está autorrealizada?».

¿Y qué pasaría en el aula de G y T? Además de no haber nunca ningún profesor que nos supervise durante esa clase, está la costumbre de encerrar a Boris Pelkowski en el armario del material para no oírlo practicar con el violín. Eso debe de ser algo parecido a una violación de los protocolos del cuerpo de bomberos para el tratamiento de material peligroso.

En fin. El caso es que, durante toda la discusión, una parte de mi cerebro no paraba de pensar: «En este mismo instante, mientras nosotros estamos aquí dándole vueltas al tema de la entrevista, setenta y cinco manzanas más allá mi madre le está confesando a su amante —mi profesor de álgebra— que está embarazada de él. ¿Cómo reaccionará el señor G.? —me preguntaba—. Como exprese cualquier emoción que no sea alegría, voy a decirle a Lars que le zurre. ¡Vaya si lo haré! Lars golpeará al señor G. por mí y probablemente no me cobrará demasiado por ello. Tiene tres ex esposas a quienes pasa una pensión, así que dispondrá de diez dólares extra, que es todo cuanto puedo permitirme pagar a un matón a sueldo.»

Voy a tener que plantearme el modo de que me aumenten la paga. A ver, ¿alguien sabe de alguna princesa que solo cobre diez dólares semanales? ¡Ni siquiera alcanza para ir al cine!

Bueno, sí que alcanza para ir al cine, pero no para comprar palomitas.

El caso es que ahora que estoy de vuelta en el apartamento, todavía no sé si necesitaré que Lars le dé una paliza a mi profesor de álgebra o no. El señor G. y mamá están hablando entre susurros en su dormitorio. No puedo oír nada de lo que dicen, ni siquiera pegando la oreja a la puerta.

Espero que el señor G. se lo tome bien. Es el tipo más majo de todos los que ha salido mamá, pese al suspenso que estuvo a punto de ponerme. No creo que haga ninguna estupidez, como abandonar a mamá o llevarla a juicio para quedarse con la custodia del hijo común.

Claro que… es un hombre y ¿quién sabe?

¡Qué gracioso! Estoy escribiendo esto y acabo de recibir un mensaje en el ordenador. ¡Es de Michael! Esto es lo que dice:

CRACKING: ¿QUÉ TE PASABA HOY EN LA ESCUELA? PARECÍA QUE TE HABÍAS RECLUIDO EN TU MUNDO PARTICULAR O ALGO ASÍ.

Le contesto:

FTLOUIE: NO TENGO LA MENOR IDEA DE A QUÉ TE REFIERES. NO ME PASA NADA. ESTOY PERFECTAMENTE BIEN.

¡Qué mentirosa soy!

CRACKING: BUENO, ME HA DADO LA IMPRESIÓN DE QUE NO HAS OÍDO NI UNA PALABRA DE LO QUE TE HE EXPLICADO SOBRE LAS LÍNEAS OBLICUAS NEGATIVAS.

Desde que descubrí que mi destino es llegar a gobernar algún día un pequeño principado de Europa, me he esforzado al máximo por comprender álgebra, porque estoy segura de que la necesitaré para equilibrar los presupuestos de Genovia, la economía y todo lo demás. Por eso he estado asistiendo a sesiones de repaso todos los días al salir de clase, y durante la hora de Genios y Talentos, Michael también me ha estado ayudando un poco.

Me resulta muy difícil concentrarme cuando Michael intenta enseñarme algo porque huele muy, pero que muy bien.

¿Cómo voy a pensar en las inclinaciones negativas teniendo a este chico del que estoy prendada desde…, ¡uf!, yo qué sé cuándo, quizá prácticamente desde siempre, sentado a mi lado, desprendiendo aroma a jabón y en ocasiones rozando su rodilla contra la mía?

Le contesto:

FtLouie: Pues sí, he oído todo lo que me has explicado sobre las líneas oblicuas negativas. Dada una inclinación m, +y-intersección (0,b), ecuación y+mx+b, intersección de la línea.

CracKing: ¡¿Cómo?!

FtLouie: ¿No está bien?

CracKing: ¿Lo has copiado de la contracubierta del libro o qué?

¡Pues claro!
Oh, oh. Mamá está en la puerta.

Lunes, todavía más tarde

Mi madre ha entrado en la habitación y he creído que el señor G. se había marchado, así que le he preguntado: «¿Cómo ha ido?».

Entonces me he percatado de que tenía lágrimas en los ojos, por lo que me he acercado a ella y la he abrazado con fuerza. «Está bien, mamá –le he dicho–. Siempre me tendrás a mí. Te ayudaré en todo: a darle la papilla por la noche, a cambiarle los pañales… ¡Todo! Aunque sea niño.»

Mamá me ha devuelto el abrazo, pero resulta que no lloraba porque estuviera triste. Lloraba porque estaba exultante de alegría.

«¡Oh, Mia! –me ha dicho–. Queremos que seas la primera en saberlo.»

Entonces me ha llevado al salón. El señor Gianini estaba allí, de pie, con una expresión anonadada en el rostro. Anonadadamente feliz.

Lo sabía antes de que lo dijera, pero de todos modos he preferido fingir sorpresa.

«¡Vamos a casarnos!»

Mamá ha tirado de mí para colocarme entre ella y el señor G. y fundirnos los tres en un abrazo colectivo.

Resulta extraño e inquietante que tu profesor de álgebra te abrace. Es todo cuanto tengo que decir.

Martes, 21 de octubre, 1.00 h de la madrugada

¡Eh! Tenía entendido que mi madre era feminista y que no creía en la jerarquía masculina y que estaba en contra de la subyugación y la ofuscación de la identidad femenina que el matrimonio indefectiblemente acarrea.

Al menos eso es lo que siempre contestaba cuando le preguntaba por qué ella y papá no se habían casado nunca.

Siempre creí que era porque él no se lo había pedido.

Quizá ese sea el motivo por el que me ha pedido que de momento no se lo cuente a nadie. Dice que quiere comunicárselo a papá a su manera.

Tanta emoción me ha dado dolor de cabeza.

Martes, 21 de octubre, 2.00 h de la madrugada

¡Oh, Dios mío! Acabo de caer en la cuenta de que si mamá se casa con el señor Gianini, eso significa que él acabará viviendo aquí. Supongo que ella jamás se trasladaría a Brooklyn, que es donde él vive ahora. Siempre dice que el metro acentúa su antipatía por las hordas sociales colectivas.

No puedo creerlo. Voy a tener que desayunar todas las mañanas con mi *profesor de álgebra*.

¿Y qué pasaría si, accidentalmente, lo viera desnudo o algo así? Eso podría dejar una secuela indeleble en mi cerebro.

Será mejor que me encargue de que arreglen el pestillo del cuarto de baño antes de que se instale aquí.

Ahora, además de la cabeza, me duele la garganta.

Martes, 21 de octubre, 9.00 h de la mañana

Esta mañana, al despertarme, me dolía tanto la garganta que ni siquiera podía hablar. Solo podía croar.

He intentado croar a mi madre durante un rato, pero no me ha oído, por lo que he intentado aporrear la pared, pero lo único que he conseguido es que el póster de Greenpeace cayera al suelo.

Finalmente no me ha quedado más remedio que levantarme. Me he arropado con la colcha para evitar coger frío y ponerme aún peor, y he bajado a la habitación de mamá.

Para mi horror, en su cama no había un único bulto sino ¡¡¡DOS!!!. ¡¡¡El señor Gianini ha pasado la noche aquí!!!

Ah, bueno. Ya no es tan grave ahora que ha prometido que dejará de ser su amante y se casará con ella.

Aun así, resulta un poco embarazoso irrumpir en el dormitorio de tu madre a las seis de la mañana y encontrarte a tu *profesor de álgebra* allí con ella. Algo así podría traumatizar a alguien más débil o más pequeño que yo.

En fin. El caso es que me he quedado croando en el vano de la puerta, demasiado impactada para entrar, y finalmente mamá ha conseguido abrir un ojo. Entonces le he susurrado que estaba enferma y que tendría que llamar a la escuela para avisar de que hoy no asistiría a clase.

También le he pedido que cancelara el envío de la limusina y le dijera a Lilly que hoy no la recogeríamos.

También le he dicho que si tenía previsto ir al estudio, debería llamar a papá o a Lars (a Grandmère no, por favor) para que vengan al apartamento y se aseguren de que nadie intenta raptarme ni asesinarme estando ella fuera y yo en un estado físico tan débil.

Creo que me ha entendido, pero no estoy segura.

En serio, esto de ser princesa no es ninguna broma.

Mamá no ha ido al estudio. Ha preferido quedarse en casa.

Le he croado que no tenía por qué hacerlo. Dentro de aproximadamente un mes expondrá en la Mary Boone Gallery, y sé que de momento solo lleva pintados la mitad de los cuadros que tiene comprometidos. Si por casualidad sucumbe a las náuseas matinales, es una pintora realista muerta.

De todos modos, se ha quedado. Creo que se siente culpable. Pienso que cree que me he puesto enferma por su culpa. Como si la ansiedad por el estado de su útero me hubiera debilitado el sistema inmunitario o algo así.

Lo cual es del todo erróneo. Estoy segura de que sea lo que sea lo que tengo, lo he pillado en la escuela. A decir verdad, el Instituto Albert Einstein es una cápsula de Petri gigante de bacterias, con la increíble cantidad de gente que respira por la boca allí.

En fin. El caso es que cada diez minutos, mi madre, acosada por la culpa, viene y me pregunta si necesito algo. He olvidado que tiene complejo de Florence Nightingale. No para de traerme té y tostadas de canela con los bordes del pan ya recortados. La verdad, me parece un detalle muy bonito.

Bueno, excepto su tentativa de que tomara cinc y lo dejara deshacerse en la lengua, ya que una de sus amigas le ha dicho que supuestamente es un buen remedio para combatir el resfriado común. Eso no ha sido bonito.

Se ha sentido fatal cuando el cinc me ha provocado náuseas y lo he vomitado. Ha ido casi corriendo a la tienda más próxima a comprarme una barrita de tamaño familiar de chocolate y cereales para resarcirme.

Luego ha intentado prepararme huevos con béicon para que recuperara las fuerzas, pero ahí le he parado los pies: el simple hecho de estar en mi lecho de muerte no significa que vaya a transgredir alegremente todos mis principios vegetarianos.

Mamá acaba de tomarme la temperatura: 37,5 °C.

Si estuviéramos en la Edad Media, con toda probabilidad me habría muerto.

GRÁFICO DE LA TEMPERATURA

11.45 h: 37,3.
12.14 h: 37,2.
13.27 h: 37.

¡Este estúpido termómetro debe de estar estropeado!

14.05 h: 37,1.
15.35 h: 37,2.

Está claro que si este promedio se mantiene, no podré acudir el sábado a la entrevista de Beverly Bellerieve.

¡¡¡YUPIII!!!

Lilly acaba de hacerme una visita. Me ha traído todos los deberes. Dice que tengo un aspecto lamentable y que al hablar me parezco a Linda Blair en *El exorcista*. Yo no he visto *El exorcista*, así que no sé si es verdad o no. No me gustan las películas en las que se ven cabezas girando sobre sí mismas y cosas saliendo intempestivamente de los estómagos. A mí me gustan las películas con hermosos decorados y coreografías.

En fin. El caso es que Lilly me ha explicado que el notición en la escuela es que «la parejita», Josh Richter y Lana Weinberger, vuelven a salir después de haber estado separados toda una semana (un récord para ambos: la última vez que rompieron, solo estuvieron separados tres días). Lilly dice que cuando se acercó a mi taquilla para coger mis libros, Lana estaba allí, ataviada con el uniforme de animadora y esperando a Josh, cuya taquilla es contigua a la mía.

Entonces apareció Josh y le dio un beso a Lana que, según asegura Lilly, fue equivalente a un valor F5 en la escala Fujimoto de intensidad de succión de tornados, lo cual impedía a Lilly volver a cerrar la puerta de mi taquilla (conozco muy bien ese problema). No obstante, Lilly resolvió la situación bastante deprisa, apuñalando a Josh «sin querer evitarlo» por la espalda con la punta de un lápiz del número dos.

Por un momento he pensado en explicarle a Lilly mi propio notición, ya sabes, lo de mi madre y el señor G. De todos modos, un día u otro se enterará.

Quizá haya sido la infección que sigue avanzando por mi cuerpo, pero no he podido hacerlo. Me preocupa lo que Lilly podría decir con respecto al tamaño potencial de la nariz de mi futuro hermano o hermana.

En fin. Tengo una tonelada de deberes. Incluso el padre de mi hermano en ciernes, que era de esperar que sintiera una pizca de compasión por mí, me ha encargado una montaña. En serio, no tiene ninguna ventaja que tu madre esté comprometida con tu profesor de álgebra. Ni la más mínima.

Bueno, salvo cuando él viene a cenar y me ayuda a hacer los deberes, aunque no me da las respuestas, así que generalmente sigo sacando un 6,8. Y eso no sigue siendo más que un mero aprobado.

¡Y ahora mismo estoy muy enferma! ¡Me ha subido la temperatura a 37,6! Pronto alcanzaré los 37,7.

Si esto fuera un episodio de *Urgencias*, seguro que ya me habrían aplicado la respiración artificial.

Ahora sí que es imposible que pueda acudir a la entrevista de Beverly Bellerieve. IMPOSIBLE.

Ji, ji, ji.

Mamá ha instalado el humidificador aquí al lado y lo ha puesto a toda marcha. Lilly dice que mi habitación parece Vietnam y que, por el amor de Dios, al menos rompa el cristal de la ventana.

No lo había pensado nunca, pero Lilly y Grandmère tienen bastantes cosas en común. Por ejemplo, Grandmère ha llamado hace un rato. Al explicarle que estaba muy enferma y que probablemente el sábado no podría acudir a la entrevista, me ha reprendido. En serio.

Sí. Me ha reprendido, como si fuera culpa mía haberme puesto enferma. Y entonces ha empezado a contarme que el día de su boda ella estaba a 38,8 de fiebre, pero ¿acaso le impidió eso mantener el tipo durante las dos horas de ceremonia, recorrer luego las calles de Genovia en un carruaje saludando al pueblo y cenar después melón con jamón en la recepción y bailar valses hasta las cuatro de la madrugada?

No. Como cabría esperar, no lo hizo.

Esto, me ha dicho Grandmère, es porque una princesa no pone como excusa un problema de salud para eludir sus obligaciones para con su pueblo.

¡Como si al pueblo de Genovia le importara que vayan a hacerme una patética entrevista para *TwentyFour/Seven*! Ni siquiera pueden ver ese programa allí. Bueno, excepto los que tienen antena parabólica; esos a lo mejor sí.

Lilly es casi tan «compasiva» como Grandmère. De hecho, Lilly no es precisamente una compañía plácida ni un consuelo cuando una está enferma. Me ha comentado que es probable que tenga tuberculosis, como la poetisa Elizabeth Barrett Browning. Yo le he respondido que es probable que solo tenga bronquitis, y Lilly ha replicado que es probable que eso fuera lo que Elizabeth Barrett Browning creía que tenía antes de morir.

DEBERES

Álgebra: problemas al final de la lección 10.

Lengua: enumera en el diario tu programa de televisión favorito, tu película favorita, tu libro favorito, tu comida favorita, etc.

Civilizaciones del Mundo: redacción de mil palabras sobre el conflicto entre Tíbet y China.

G y T: lo de siempre.

Francés: *écrivez une vignette amusante* (oh, genial).

Biología: sistema endocrino (preguntar las respuestas a Kenny).

¡Dios mío! Pero ¿qué se han propuesto conseguir con esto? ¿Matarme?

Miércoles, 22 de octubre

Esta mañana mamá ha llamado a papá al Plaza, donde se aloja, y le ha dicho que enviara la limusina para llevarme a la consulta del médico. Resulta que al despertarme me ha tomado la temperatura y estaba a 38,8, igual que Grandmère el día de su boda.

Sin embargo a mí, lo prometo, no me apetecía nada bailar un vals. ¡Pero si apenas podía vestirme! Tenía tanta fiebre que me he puesto uno de los conjuntos que me ha comprado Grandmère y he acabado vestida de Chanel de la cabeza a los pies, con los ojos vidriosos y el cuerpo empapado en sudor. Al verme, papá ha dado un brinco enorme; creo que por un momento me ha confundido con Grandmère.

Solo que yo, obviamente, soy mucho más alta que Grandmère, aunque mi cabellera no es tan voluminosa como la suya.

Resulta que el doctor Fung es una de las pocas personas en Estados Unidos que todavía no se había enterado de que soy una princesa, así que hemos tenido que sentarnos en la sala de espera como diez minutos hasta que ha podido atenderme. Papá se ha pasado los diez minutos hablando con la recepcionista. Seguro que el motivo era que ella llevaba un top que le dejaba el ombligo al aire, aunque ya casi es invierno.

Y aunque papá está completamente calvo y siempre lleva traje, en lugar de llevar vaqueros o pantalones de algodón, como los padres normales, la recepcionista parecía haberse quedado encandilada con él. Quizá sea porque a pesar de su incipiente *europeización*, papá sigue estando de bastante buen ver.

Lars, que también está de buen ver en otro sentido (es muy alto y corpulento, y conserva todo el pelo), se ha sentado a mi lado y se ha puesto a leer la revista *Parenting*. Estoy segura de que hubiera preferido el último número de *Soldier of Fortune*, pero apostaría a que en el Centro de Medicina Familiar Soho no están suscritos a ella.

Finalmente el doctor Fung me ha recibido. Me ha tomado la temperatura (38,7) y me ha palpado los ganglios para comprobar si estaban inflamados (lo estaban). Luego ha intentado tomarme una muestra de la garganta para hacer un cultivo y buscar posibles estreptococos.

Pero al clavarme aquella cosa en la garganta, me ha provocado tantas náuseas que he empezado a toser sin control. No podía dejar de toser y le he barboteado que necesitaba un vaso de agua. Supongo que he debido de sufrir delirios por la fiebre y eso, pues lo que he hecho en lugar de ir a buscar un vaso de agua ha sido salir de la consulta, regresar a la limusina y decirle al chófer que me llevara de inmediato al Emerald Planet para tomarme un batido de frutas.

Afortunadamente, el chófer es sensato y sabe perfectamente que no debe llevarme a ningún sitio sin mi guardaespaldas. Ha cogido la radio, ha musitado algo y entonces ha aparecido Lars con papá, que me ha preguntado qué demonios creía que estaba haciendo.

He estado a punto de preguntarle exactamente lo mismo, sólo que con respecto a la recepcionista con un *piercing* en el ombligo, pero la garganta me dolía demasiado para hablar.

El doctor Fung ha sido muy amable después de todo. Ha renunciado al cultivo y se ha limitado a recetarme antibióticos y un jarabe con codeína para la tos…, no antes de pedirle a una de las enfermeras que nos hiciera una foto en la limusina, estrechándonos la mano, para colgarla en la pared de las fotos con celebridades. Tiene fotografías suyas estrechándole la mano a otros pacientes famosos, como Robert Goulet y Lou Reed.

Ahora que me ha bajado la fiebre, veo que mi comportamiento ha sido del todo irracional. Debería decir que la visita a la consulta del médico ha resultado ser uno de los momentos más embarazosos de mi vida. Claro que ha habido tantos que sería difícil determinar qué puesto ocuparía este. Creo que podría equipararlo al día en que se me cayó accidentalmente el plato en la cola del bufé en la celebración del Bat Mitzvá de Lilly y todo el mundo se pasó el resto de la noche pisando la salsa del pescado relleno.

LOS CINCO MOMENTOS MÁS EMBARAZOSOS DE MIA THERMOPOLIS

1. El beso que Josh Richter me dio delante de toda la escuela mientras todo el mundo me miraba.
2. El día en que, cuando yo tenía seis años, Grandmère me obligó a darle un abrazo a su hermana, Tante Jeanne Marie, y me eché a llorar porque el bigote de Jeanne Marie me daba miedo y herí los sentimientos de Jeanne Marie.
3. El día en que, cuando yo tenía siete años, Grandmère me obligó a asistir a un cóctel soporífero que había organizado para sus amigos y yo me aburría tanto que cogí un pequeño recipiente de marfil con posavasos que tenía una forma parecida a la de un *rickshaw*, y lo llevé de un lado a otro de la mesa de café, haciendo ruiditos como si hablara en chino, hasta que los posavasos salieron rodando y fueron a parar al suelo, provocando un gran estrépito, y todos me miraron. (La escena me resulta incluso más embarazosa ahora que la recuerdo, porque imitar a un chino es algo muy grosero, por no decir políticamente incorrecto.)
4. El día en que, cuando yo tenía diez años, Grandmère nos llevó a la playa a mí y a algunos de mis primos, y se me olvidó la parte de arriba del biquini, y Grandmère no me dejó vol-

ver al *château* para buscarlo, arguyendo que, por el amor de Dios, estábamos en Francia y que tendría que hacer *topless* como todo el mundo, y aunque yo no tenía más que enseñar de lo que tengo ahora, me sentí muy humillada y, aun así, me quité la blusa, y todos me miraban porque creían que tenía un sarpullido o una marca de nacimiento que me había desfigurado o que llevaba colgando el feto marchito de un hermano siamés.

5. El día en que, cuando tenía doce años, me vino la regla por primera vez y estaba en casa de Grandmère y tuve que decírselo porque yo no tenía compresas ni nada, y luego fui al comedor para cenar y oí que Grandmère se lo estaba explicando a sus amigas, y entonces todas se pasaron el resto de la noche bromeando sobre las maravillas de la feminidad.

Ahora que lo pienso, casi todos los momentos embarazosos de mi vida tienen alguna relación con Grandmère.

Me pregunto lo que los padres de Lilly, que son psicoanalistas, tendrían que decir al respecto.

GRÁFICO DE LA TEMPERATURA

17.20 h: 37,4.
18.45 h: 37,3.
19.52 h: 37,2.

¿Será posible que *ya* me esté poniendo bien? Esto es horrible. Si me recupero, tendré que ir a la estúpida entrevista...

La situación requiere medidas drásticas: esta noche intentaré ducharme y asomar la cabeza por la ventana con el pelo húmedo.

Eso funcionará.

¡Oh, Dios mío! Acaba de suceder algo tan emocionante que apenas puedo escribir. Esta mañana estaba tendida en mi lecho de enferma y mi madre me ha entregado una carta que, según dice, llegó en el correo de ayer, aunque había olvidado dármela. Pero esto no es como las facturas de la luz o del teléfono que mamá suele olvidar en cuanto llegan. Esto es una carta personal para mí.

Aun así, como la dirección en el sobre estaba mecanografiada, no he sospechado nada fuera de lo común. Creía que era una carta de la escuela o algo así. A lo mejor me habían otorgado algún premio por buena estudiante (JA, JA, JA). Sin embargo, no llevaba remitente y, por lo general, la correspondencia del Instituto Albert Einstein lleva impreso el rostro reflexivo de Albert en la esquina izquierda del sobre, junto con la dirección del centro.

Ya puedes imaginar la sorpresa que me he llevado al abrir la carta y no encontrarme un folleto del instituto instándome a demostrar mi espíritu cooperativo cocinando unas tortitas dulces de arroz inflado para ayudar a recolectar dinero para el equipo de remo, sino lo siguiente…, a lo cual, en mi opinión, solo se le puede llamar «carta de amor»:

Querida Mia (dice la carta):

Sé que te resultará extraño recibir una carta como esta. A mí también me resulta extraño escribirla, aunque soy demasiado tímido para decirte a la cara lo que estoy a punto de decirte, y es que creo que eres la chica más Josie que he conocido en mi vida.

Tan solo quería asegurarme de que supieras que hay una persona a quien le gustas desde mucho tiempo antes de enterarse de que eres una princesa, y a quien siempre seguirás gustando, pase lo que pase.

Sinceramente,

Un amigo

¡Oh, Dios mío!

¡No puedo creerlo! Jamás había recibido una carta como esta. ¿De quién será? No consigo imaginarlo. La carta también está mecanografiada, como la dirección del destinatario. Aunque no con una máquina de escribir, obviamente, sino con ordenador.

Si bien, pongamos por caso, quisiera comparar las teclas de una máquina de escribir sospechosa (tal y como hacía Jan en *La familia Brady* cuando sospechaba que era Alice quien le enviaba el medallón), no podría. ¡Por el amor de Dios! ¡Es imposible comparar la escritura con una impresora láser! ¡Siempre igual!

Pero ¿quién puede haberme enviado semejante cosa?

Es evidente que sé quién desearía que lo hubiera hecho.

Sin embargo, las probabilidades de que yo le haya gustado alguna vez a un tipo como Michael Moscovitz son sencillamente nulas. Además, si le gustara, tuvo una oportunidad perfecta de decirme algo al respecto la noche del Baile de la Diversidad Cultural, cuando tuvo el lindo detalle de acercarse e invitarme a bailar, después de que Josh Richter me acosara de aquel modo. Y no bailamos una sola pieza, no. Bailamos varias. Y piezas lentas, para ser más precisos. Y después de bailar, fuimos a su habitación en el apartamento de los Moscovitz. Podría haberme dicho algo entonces, si hubiera querido.

Pero no lo hizo. No dijo nada de que yo le gustara.

¿Y por qué tendría que haberlo hecho? En realidad soy un bicho raro, con mi notable carencia de glándulas mamarias, mi gigantismo y mi absoluta incapacidad para moldearme el pelo de manera que parezca, aunque remotamente, que lo llevo peinado.

De hecho, acabamos de empezar a estudiar a especímenes como yo en la asignatura de biología. *Mutaciones biológicas*, así es como se nos llama. Una mutación biológica tiene lugar cuando un organismo experimenta un cambio significativo con respecto a la tipología normal o la estirpe paterna, típicamente como resultado de una mutación.

Eso soy yo. Sí, exactamente eso soy yo. Es decir, si uno me mira a mí y luego mira a mis padres, los dos muy atractivos, sólo puede preguntarse: «*¿Qué* ha pasado?».

En serio. Debería irme a vivir con los de la *Patrulla X*, de tan mutante que soy.

Además, ¿acaso Michael Moscovitz es el tipo de chico que diría que soy la chica más Josie de la escuela? Bueno, estoy dando por hecho que el autor se está refiriendo a Josie, la cantante de *Josie y las Gatimelódicas*, interpretada por Rachael Leigh Cook en la película, con la salvedad de que yo no me parezco en lo más mínimo a Rachael Leigh Cook. O eso espero. *Josie y las Gatimelódicas* empezó como una serie de dibujos animados que narraba las aventuras de una banda de chicas que resolvía crímenes, como en *Scooby Doo*, y, que yo sepa, Michael ni siquiera ve nunca el canal temático de dibujos animados.

Por lo general, Michael solo ve el PBS, el canal de ciencia ficción, y *Buffy, la vampiresa asesina*. Quizá si en la carta hubiera puesto: «creo que eres la chica más Buffy que he conocido en mi vida»…

Pero, si no es de Michael, ¿de quién puede ser?

¡Esto es tan emocionante que necesito llamar a alguien para contárselo! Pero… ¿a quién? Todo el mundo está en clase.

¿¿¿POR QUÉ HABRÉ TENIDO QUE PONERME ENFERMA???

Ni hablar de lo de asomar la cabeza por la ventana con el pelo húmedo. Tengo que recuperarme cuanto antes para volver a la escuela y descubrir quién es mi admirador secreto.

GRÁFICO DE LA TEMPERATURA

10.45 h: 37,3.
11.15 h: 37,2.
12.27 h: 37.

¡Sí! ¡¡¡SÍ!!! ¡Me estoy recuperando! Gracias, Selman Waksman, inventor del antibiótico.

14.05 h: 37,1.

No. ¡Oh, no!

15.35 h: 37,2.

¿Por qué tiene que pasarme esto?

Jueves, más tarde

Esta tarde, mientras estaba acostada con bolsas de hielo debajo de las sábanas, intentando aplacar la fiebre para poder ir mañana a la escuela y descubrir quién es mi admirador secreto, he visto el mejor episodio de la historia de *Vigilantes de la playa*.

En serio.

Verás. Resulta que Mitch conoce a una chica con un acento francés muy falso durante una regata, se enamoran perdidamente y surcan las olas con una excelente banda sonora de fondo, y entonces resulta que la chica está comprometida con el oponente de Mitch en la regata. Y no solo eso: *en realidad es la princesa de un pequeño país europeo del que Mitch nunca había oído hablar*. ¡Su *fiancé* era el príncipe con quien su padre la había comprometido al nacer!

Mientras lo veía, Lilly ha venido con más deberes. Se ha puesto a verlo conmigo y no ha captado en absoluto la tremenda importancia filosófica del episodio, puesto que solo ha dicho: «¡Jesús! Esa chavalita real necesita una depilación de cejas».

Me he quedado de piedra, horrorizada.

«Lilly —le he croado—. ¿Es que no te das cuenta de que este episodio de *Vigilantes de la playa* es profético? Es perfectamente posible que a mí me prometieran cuando nací a algún príncipe que ni siquiera he conocido y que papá aún no me lo haya dicho. Y yo también podría conocer a algún vigilante en la playa y enamorarme locamente de él, pero de nada servirá, porque tendría que cumplir con mi deber y casarme con el hombre que mi pueblo ha elegido para mí.»

A lo que Lilly ha respondido: «¿Cómo? Exactamente ¿qué cantidad de jarabe para la tos has tomado hoy? Aquí dice una cuchara*dita* cada cuatro horas, no una cuchara*dota*, zopenca».

Me ha molestado que Lilly no acabara de captar la magnitud de la situación. Como es lógico, no podía hablarle de la carta que he recibido porque… ¿y si es su hermano quien la ha escrito? No me gustaría que pensara que he ido por ahí chivándoselo a todo el mundo. Una carta de amor es algo muy íntimo.

Aun así, creía que sería capaz de verlo con cierta perspectiva.

«¿No lo entiendes? —le he chirriado—. ¿Qué sentido tiene que me guste alguien si es perfectamente posible que mi padre haya acordado para mí un matrimonio con un príncipe que no conozco, algún tipo que vive, por ejemplo, en Dubai o en algún otro lugar, y que contempla a diario mi foto y anhela el día en que finalmente me haga suya?»

Lilly ha dicho que, en su opinión, he leído demasiadas novelas románticas para adolescentes de mi amiga Tina Hakim Baba. Bueno, lo admito, en cierto modo es de ahí de donde he sacado la idea. Pero no estamos hablando de eso.

«En serio, Lilly —he insistido—. Tengo que guardarme mucho de enamorarme de alguien como David Hasselhoff o tu hermano, porque podría acabar casándome con el príncipe Guillermo.» Lo cual, por cierto, tampoco sería un sacrificio tan grande.

Lilly se ha puesto en pie de un salto y ha salido despavorida hacia el salón. En casa solo estaba papá además de nosotras, porque cuando ha venido de visita para ver cómo estaba, mamá de repente se ha acordado de que tenía que hacer un recado y se ha esfumado.

Obviamente, no tenía que hacer ningún recado. Mamá todavía no le ha explicado a papá nada acerca del señor G. y el embarazo, y que van a casarse y todo eso. Creo que le da miedo que él se ponga furioso y empiece a gritarle por ser tan irresponsable (puedo imaginar perfectamente que lo haría).

Así que, en lugar de explicárselo, huye de papá con sentimiento de culpa cada vez que lo ve. Sería incluso divertido si no fuera un comportamiento tan patético en una mujer de treinta y seis años. Cuando yo tenga treinta y seis años, procuraré por todos los medios estar autorrealizada, para que nadie tenga que verme haciendo ninguna de las cosas que mi madre no para de hacer.

«Señor Renaldo», he oído decir a Lilly en cuanto ha salido de mi habitación. Llama a papá «señor Renaldo» aunque sabe perfectamente que es el príncipe de Genovia. Sin embargo, no le importa, porque dice que está en Estados Unidos y que no piensa llamar «Alteza» a nadie. Se opone frontalmente a la monarquía, y los principados como Genovia entran dentro de esa categoría. Lilly cree que la soberanía debe estar en manos del pueblo. En los tiempos de la colonización, probablemente la habrían estigmatizado como a una *Whig*, una miembro del antiguo partido liberal británico.

«Señor Renaldo —le he oído preguntar a papá—. ¿Está Mia prometida en secreto con algún príncipe de algún país?»

Papá ha bajado el periódico. Lo he oído crujir desde mi habitación.

«¡Cielo santo! No», ha respondido él.

«Lerda —me ha dicho al irrumpir de nuevo en mi habitación—. Y aunque puedo entender por qué prefieres guardarte mucho de enamorarte de David Hasselhoff, que, dicho sea de paso, tiene edad suficiente para ser tu padre y es cuestionable que esté bueno, ¿qué tiene que ver mi hermano con todo esto?»

Me he dado cuenta demasiado tarde de lo que le había dicho. Lilly no tiene ni idea de lo que siento por su hermano Michael. En realidad, tampoco yo tengo ni idea de lo que siento por él, aparte de que cuando va sin camisa creo que tiene un parecido asombroso con Casper Van Dien.

¡Me gustaría tanto que fuera él el autor de la carta! Me encantaría, de veras.

Pero ni se me ha pasado por la cabeza comentárselo a su hermana.

En lugar de eso, le he espetado que me parece injusto por su parte pedirme explicaciones por algo que he dicho bajo la influencia del jarabe con codeína para la tos.

Lilly ha puesto esa cara que pone a veces, cuando los profesores le hacen una pregunta y sabe la respuesta, pero prefiere dar la oportunidad de responder a algún compañero, para variar.

Realmente puede resultar agotador que tu mejor amiga tenga un cociente intelectual de 170.

DEBERES

Álgebra: problemas 1-20, p. 115.

Lengua: capítulo 4 del libro de Strunk y White.

Civilizaciones del Mundo: redacción de doscientas palabras sobre el conflicto entre India y Pakistán.

G y T: Sí, ya…

Francés: *Chapitre huit.*

Biología: glándula hipofisaria (¡preguntar a Kenny!).

LISTA DE CELEBRIDADES DE LILLY MOSCOVITZ
Y MIA THERMOPOLIS, Y SUS PECHOS

CELEBRIDAD	LILLY	MIA
Britney Spears	Falsos	Auténticos
Jennifer Love Hewitt	Falsos	Auténticos
Winona Ryder	Falsos	Auténticos
Courtney Love	Falsos	Falsos
Jennie Garth	Falsos	Auténticos
Tori Spelling	Falsos	Falsos
Brandy	Falsos	Auténticos
Neve Campbell	Falsos	Auténticos
Sarah Michelle Gellar	Auténticos	Auténticos
Christina Aguilera	Falsos	Auténticos
Lucy Lawless	Auténticos	Auténticos
Melissa Joan Hart	Falsos	Auténticos
Mariah Carey	Falsos	Falsos
Rachael Leigh Cook	Falsos	Auténticos

Después de cenar me he encontrado lo suficientemente bien para levantarme de la cama, y eso he hecho.

He consultado el *e-mail*. Esperaba que hubiera algo de mi misterioso «amigo». Si conoce mi dirección de correo postal, supongo que también debe de saber mi dirección de correo electrónico. Las dos figuran en la guía telefónica de la escuela.

Tina Hakim Baba es una de las personas que me han escrito. Me desea que me recupere pronto, al igual que Shameeka. Shameeka explica que está intentando convencer a su padre para que le deje organizar una fiesta de Halloween y me pregunta que si, en caso de conseguirlo, me gustaría asistir. Le he contestado que por supuesto, si es que no estoy demasiado débil de tanto toser.

Otro de los mensajes era de Michael. Él también me desea una pronta recuperación, pero lo hace con un mensaje animado, como una peliculita. En ella sale un gato que se parece a *Fat Louie* bailando y enviándome buenos deseos. Es muy mono. Michael lo firma así: «Con amor, Michael».

No «atentamente».

No «sinceramente tuyo».

«Con amor.»

Lo he leído y he pasado la película cuatro veces, pero aun así no sabría decir si es él quien me envió aquella carta. He observado que en la carta no consta la palabra *amor* por ninguna parte. En ella el remitente dice que le *gusto* y firma «sinceramente».

Pero no contiene amor. Ni un leve indicio de amor.

Y entonces he visto el mensaje de alguien cuya dirección de correo electrónico no he reconocido. ¡Oh, Dios mío! ¿Podría ser mi admirador anónimo? Me han empezado a temblar los dedos sobre el ratón...

Lo he abierto y he visto el siguiente mensaje de JoCrox:

JOCROX: SOLO UNAS LÍNEAS PARA DECIRTE QUE ESPERO QUE ESTÉS MEJOR. ¡HOY TE HE ECHADO DE MENOS EN LA ESCUELA! ¿HAS RECIBIDO MI CARTA? CONFÍO EN QUE, AL MENOS, TE HAYA HECHO SENTIR UN POCO MEJOR EL SABER QUE HAY ALGUIEN QUE CREE QUE ERES GENIAL. *YOU ROCK*. RECUPÉRATE PRONTO.

TU AMIGO

¡Oh, Dios mío! ¡Es él! ¡Mi admirador anónimo!

Pero ¿quién es Jo Crox? No conozco a nadie que se llame Jo Crox. Dice que hoy me ha echado de menos en la escuela, lo que significa que debemos de ir a la misma clase. Pero no hay ningún Jo en ninguna de mis clases.

Quizá Jo Crox no sea su verdadero nombre. De hecho, Jo Crox no parece en absoluto un nombre real. Quizá sea el apodo de Joc Rox.

Pero tampoco conozco a ningún *jock*, que es como llamamos a los deportistas cachas. Bueno, al menos, no en persona.

Oh, no, espera un momento. ¡Ya lo tengo!

Jo-C-rox.

¡Josie Rocks! ¡Así se lee en inglés! ¡Oh, Dios mío! ¡Josie, de *Josie y las Gatimelódicas*! ¡Es tan lindo!

Pero ¿quién? *¿Quién es?*

He pensado que sólo hay una manera de descubrirlo, así que le he contestado de inmediato:

FtLouie: Querido amigo, he recibido tu carta. Muchas gracias. Gracias también por desearme que me recupere. ¿Quién eres? (Prometo que no se lo diré a nadie.)

Mia

Me he pasado media hora aquí, sentada, confiando en que él respondiera, pero no lo ha hecho.

¿¿¿QUIÉN ES??? ¿¿¿QUIÉN ES???

TENGO que recuperarme cuanto antes para poder ir mañana a la escuela y descubrir quién es Jo-C-rox. De lo contrario, voy a volverme loca, como la novia de Mel Gibson en *Hamlet*, y acabaré con mi clásico camisón de franela en el río Hudson con el resto de los residuos médicos.

¡¡¡YA ESTOY MEJOR!!!

Bueno, en realidad tampoco es que esté bien del todo, pero no me importa. No tengo fiebre y a mi madre no le ha quedado más remedio que dejarme venir a la escuela. No tenía la menor intención de pasarme otro día en cama. No con Jo-C-rox rondando por aquí, posiblemente amándome.

Sin embargo, de momento nada. Es decir, hemos ido con la limusina hasta casa de Lilly y la hemos recogido, como de costumbre, y Michael estaba con ella y eso, pero por el modo despreocupado en que me ha saludado nadie diría que alguna vez me ha enviado un *e-mail* deseándome que me recupere y firmado: «con amor, Michael», y mucho menos que alguna vez me ha llamado «la chica más Josie que ha conocido en su vida». Está clarísimo que él no es Jo-C-rox.

Y ese «amor» al final de su mensaje sólo es *amor* platónico. Quiero decir que el «amor» de Michael obviamente no significa que él en realidad *me ame*.

No es que yo haya pensado alguna vez que lo hiciera, ni que pudiera haberlo hecho. Me refiero a amarme.

Pero sí me ha acompañado a mi taquilla. Un detalle precioso por su parte. Cierto, solo hemos discutido acaloradamente sobre el episodio del martes de *Buffy, la vampiresa asesina*, pero aun así, hasta hoy ningún chico me había acompañado nunca a mi taquilla. Boris Pelkowski espera a Lilly en la entrada de la escuela y la acompaña a su taquilla *todas las mañanas*, y lo ha hecho desde el día en que ella accedió a ser su novia.

Vale, admito que Boris Pelkowski respira por la boca y que sigue metiéndose los jerséis por dentro de los pantalones pese a las muchas indirectas que recibe de que en Estados Unidos eso se considera el «antiglamour». Aun así, es un chico. Y siempre resulta agradable tener a un chico —aunque lleve un corrector dental— que te acompañe a tu taquilla. Ya sé que yo tengo a Lars, pero no es lo mismo que un *guardaespaldas* te acompañe a tu taquilla, a que lo haga un *chico* real.

Acabo de darme cuenta de que Lana Weinberger le ha cambiado el forro a todos sus libros de texto. Imagino que ha tirado los antiguos. Había escrito en todos ellos la frase: «Señora de Josh Richter», y luego, cuando ella y Josh rompieron, la había tachado. Ahora vuelven a estar juntos. Supongo que, una vez más, está dispuesta a que su identidad quede ofuscada al adoptar el nombre de su «marido», puesto que solo en el libro de álgebra ya ha puesto tres «Amo a Josh» y siete «Señora de Josh Richter».

Antes de empezar la clase, Lana le estaba diciendo a todos cuantos estuvieran dispuestos a escucharla algo acerca de una fiesta a la que va a asistir esta noche. Ninguno de nosotros estamos invitados, claro. Es una fiesta que organiza uno de los amigos de Josh.

A mí nunca me invitan a ese tipo de fiestas. Ya sabes, como esas que salen en las películas de adolescentes, en las que los padres de alguien se van de la ciudad unos días y toda la escuela va a su casa con barriles de cerveza y la destroza.

De hecho, no conozco a nadie que viva en una casa. Solo conozco a gente que vive en edificios de pisos y apartamentos. Y si uno empieza a destrozar el apartamento, puedes estar seguro de que los vecinos de al lado se quejarán al portero. Y eso podría ocasionarte graves problemas con la comunidad de vecinos.

De todos modos, no creo que Lana haya tenido nunca en cuenta estas cosas.

La tercera potencia de x se denomina cubo de x.
La segunda potencia de x se denomina cuadrado.

Oda a las vistas de la ventana
del aula de álgebra

Bancos de hormigón caldeados por el sol,
junto a mesas con tableros de ajedrez incorporados
y grafitis que los muchos que nos han precedido
nos han dejado como legado
pintados con aerosol y a todo color:

Jasmin ama a John
La poli, entre rejas
Maricones y lesbianas, al paredón
y
Amber es una pendeja.

La brisa que llega del parque
esparce las bolsas de plástico y las hojas secas,
y ejecutivos ataviados con trajes
intentan conservar los últimos mechones de pelo
con los que tapan las manchas rosadas de su calva cabeza.
Cajetillas de tabaco y chicles masticados
tapizan la gris acera.

Y yo, piensa que piensa:
«¿Qué importancia puede tener
que una ecuación no sea lineal si una de las variables se eleva
*   a una potencia?*
Al fin y al cabo, todos vamos a fenecer.

Viernes, 24 de octubre,
clase de Civilizaciones del Mundo

LISTA DE LOS SEIS TIPOS BÁSICOS DE GOBIERNO

Anarquía
Monarquía
Aristocracia
Dictadura
Oligarquía
Democracia

LISTA DE LAS CINCO PERSONAS QUE PRESUMIBLEMENTE PODRÍAN SER JO-C-ROX

Michael Moscovitz (ojalá)
Boris Pelkowski (no, por favor)
El señor Gianini (en un intento no precisamente acertado de animarme)
Mi padre (ídem)
Ese chico tan extraño que a veces veo en la cafetería y que se enfada tanto cuando le ponen maíz al chili (no, por favor, no)

¡¡¡AAAAAARRRRRGGGGGGHHHHHH!!!

Resulta que durante mi ausencia, Boris ha empezado a aprender nuevas piezas para violín. Ahora mismo está tocando un concierto de alguien llamado Bartak.

Y, a decir verdad, así es exactamente como suena: a barullo. Aunque los hemos encerrado a él y a su violín en el armario del material, la cosa no mejora. Cuando toca, uno no puede oír ni sus propios pensamientos. Michael ha tenido que ir a la enfermería a buscar ibuprofeno.

Pero antes de que se fuera, he intentado conducir la conversación hacia el correo. Ya sabes, de forma casual y eso.

Sólo por si las moscas.

El caso es que Lilly estaba hablando de su programa, *Lilly lo cuenta tal y como es*, y le he preguntado si sigue recibiendo montañas de cartas y mensajes de sus admiradores. Uno de sus seguidores más fieles, Norman, que la acosa a todas horas, le envía regalos cada dos por tres, con el objetivo de lograr que ella acceda a enseñarle sus pies descalzos en directo. Norman es un fetichista de pies.

Entonces yo he comentado que últimamente he recibido misivas intrigantes…

En ese instante he echado una mirada relámpago a Michael, para ver cómo reaccionaba.

Pero ni siquiera ha levantado la mirada del regazo.

Y ahora acaba de regresar de la enfermería. Por lo visto no le han dado ibuprofeno porque se considera una violación de las normas de administración de medicamentos de la escuela, así que le he ofrecido un poco de mi jarabe con codeína para la tos. Asegura que le ha aliviado de inmediato el dolor de cabeza.

Aunque podría deberse a que Boris ha derramado de un codazo una botella de aguarrás y hemos tenido que dejarlo salir del armario del material.

ESTO ES LO QUE TENGO QUE HACER:

1. Dejar de pensar tanto en Jo-C-rox.
2. Ídem con Michael Moscovitz.
3. Ídem con mi madre y su aparato reproductor.
4. Ídem con la entrevista de mañana con Beverly Bellerieve.
5. Ídem con Grandmère.
6. Tener más confianza en mí misma.
7. Dejar de morderme las uñas postizas.
8. Autorrealizarme.
9. Prestar más atención al álgebra.
10. Lavar los pantalones de deporte.

Viernes, más tarde

¡Qué vergüenza más horrible! No sé cómo, pero el caso es que la directora Gupta se ha enterado de que le he dado a Michael un poco de mi jarabe con codeína para la tos, ¡y ha ordenado que fueran a buscarme a la clase de biología para llevarme a su despacho y discutir sobre mi actividad de tráfico de sustancias controladas en la escuela!

¡Oh, Dios mío! He llegado a creer de verdad que me iban a expulsar.

Le he explicado lo del ibuprofeno y lo de Bartok, pero la directora Gupta no ha mostrado ni una pizca de compasión. Ni siquiera cuando le he mencionado a todos los chicos que se sientan a las puertas de la escuela y fuman. ¿Acaso ellos se meten en líos por gorrearse cigarrillos los unos a los otros?

¿Y qué pasa con las animadoras y su Dexatrim, el suplemento dietético que toman para perder apetito, grasas y calorías?

Pero la directora Gupta ha dicho que los cigarrillos y el Dexatrim no son narcóticos. Me ha quitado el jarabe para la tos y me ha dicho que podré recuperarlo al salir de clase. También me ha dicho que no lo traiga a la escuela el lunes.

No tiene por qué preocuparse. He pasado tanta vergüenza con todo esto que me estoy planteando muy seriamente no volver a la escuela nunca más, y mucho menos el lunes.

No entiendo por qué no puedo recibir mi educación en casa, como los hermanos Hanson. ¡Mira qué bien les ha ido a ellos con su grupo de música!

DEBERES

Álgebra: problemas de la p. 129.

Lengua: describe una experiencia que te haya conmovido profundamente.

Civilizaciones del Mundo: doscientas palabras sobre la Revolución Francesa.

G y T: *por favor.*

Francés: *devoirs: les notes grammaticales:* 141–143.

Biología: sistema nervioso central.

DIARIO PARA LA ASIGNATURA DE LENGUA

Mis cosas favoritas

COMIDA:

Lasaña vegetal.

PELÍCULA:

Mi película favorita es una que vi por primera vez en el canal HBO, cuando tenía doce años. Ha seguido siendo mi película favorita pese a los esfuerzos de mis amigas y mi familia por darme a conocer «presuntas muestras de mayor calidad» de las artes cinematográficas. Francamente, creo que *Dirty Dancing*, protagonizada por Patrick Swayze y una Jennifer Grey novata y adolescente, tiene todo lo que les falta a películas como *Vivir sin aliento* y *Septiembre*, creadas por supuestos «*auteurs*». Por ejemplo, *Dirty Dancing* transcurre en un complejo turístico veraniego. Me he fijado en que las películas que transcurren en complejos turísticos (otros casos notables son *Cocktail* y *Fuera de pistas*) son sencillamente mejores que otras películas. Asimismo, *Dirty Dancing* contiene *dancing*, baile. El baile en las películas siempre está bien. Solo hay que imaginar cómo mejorarían películas ganadoras del Oscar, como *El paciente inglés*, si incluyeran baile. A mí me aburren mucho menos las películas en las que sale gente bailando. Así pues, todo cuanto tengo que decir a las muchas, muchísimas personas que discrepan de mí con respecto a *Dirty Dancing* es: «No permitiré que nadie te arrincone, Baby».

PROGRAMA DE TELEVISIÓN:

Mi programa de televisión favorito es *Los vigilantes de la playa*. Conozco personas que consideran la serie muy pobre y sexista, pero en realidad no lo es. Los atuendos de los chicos son tan escasos como los de las chicas y, al menos en los últimos episodios, una mujer está a cargo de toda la operación de salvamento. Y la verdad del asunto es que cada vez que lo veo, me siento feliz. Creo que es porque sé que se meta en el aprieto en que se meta Hobie, ya sean angulas eléctricas gigantes o contrabandistas de esmeraldas, Mitch la rescatará y todo transcurrirá amenizado por una excelente banda sonora, y con fascinantes planos del océano de fondo. Ojalá hubiera un Mitch en mi vida para solucionarlo todo al final del día.

Y ojalá también mis pechos fueran tan grandes como los de Carmen Electra.

LIBRO:

Mi libro favorito se titula *IQ 83*. Es del autor superventas de *El enjambre*, Arthur Herzog. *IQ 83* narra la historia de un puñado de médicos de poca monta que «trabajan» con ADN y sin darse cuenta provocan un accidente que hace que a todos los habitantes del planeta les descienda el cociente intelectual en varios puntos y empiecen a parecer tontos. ¡En serio! ¡Incluso el presidente de Estados Unidos, que acaba babeando como un memo! Y está en las manos del doctor James Healey evitar que el país quede poblado por un puñado de imbéciles gordos que no hacen nada más que mirar los patéticos programas sensacionalistas de Jerry Springer en la televisión y pasarse el día comiendo pastelillos. Este libro no ha recibido nunca la atención que merece. ¡Ni siquiera ha sido llevado al cine!

Es una parodia literaria.

¿Qué se supone que tengo que hacer con este estúpido encargo para el diario de la asignatura de lengua: «Describe una experiencia que te haya conmovido profundamente»? Ni la más remota idea. ¿Sobre qué voy a escribir? ¿Sobre el día en que entré a la cocina y me encontré allí a mi profesor de álgebra en calzoncillos? Eso exactamente no me conmovió, aunque sin duda fue toda una experiencia.

¿O debería explicar que una vez mi padre me soltó que casualmente resulta que soy la heredera al trono del principado de Genovia? Eso fue una experiencia, aunque no sé si fue demasiado profunda y, aunque llorara, no creo que lo hiciera porque la noticia me conmoviera. Solo estaba furiosa porque nadie me lo hubiera dicho antes. O sea, supongo que puedo entender que a él le dé vergüenza tener que admitir ante el pueblo de Genovia que tuvo una hija sin haberse casado, pero… ¿ocultarlo durante catorce años? Y luego cree que yo miento demasiado.

Kenny, mi compañero de biología, que también tiene a la señora Spears como profesora de lengua, dice que va a escribir sobre el viaje que hizo con su familia a la India el verano pasado. Al parecer, allí contrajo el cólera y estuvo a punto de morir. En los días que permaneció postrado en la cama del hospital de aquella tierra remota, constató que nuestra estancia en este planeta es ínfima y que es del todo esencial que disfrutemos de cada momento como si fuera el último. Esa es la razón por la que Kenny piensa consagrar su vida a encontrar un remedio para el cáncer y a fomentar la animación japonesa digital.

Kenny es muy afortunado.

¡Si al menos yo contrajera una enfermedad potencialmente mortal!

Estoy empezando a darme cuenta de que, hasta ahora, lo único profundo en mi vida es esta total y absoluta carencia de profundidad.

Colmado Jefferson
Los productos más frescos. ¡Garantizado!
Entrega a domicilio rápida y gratuita

Pedido n.º 2764

1 paquete de requesón de soja
1 bote de germen de trigo
1 hogaza de pan integral
5 pomelos
12 naranjas
1 racimo de plátanos
1 paquete de levadura de cerveza
1/4 de litro de zumo de naranja (no concentrado)
1/4 de kilo de mantequilla
1 docena de huevos
1 bolsa de pipas de calabaza sin sal
1 caja de cereales integrales
Papel higiénico
Bastoncillos para los oídos

Entregar a:
Mia Thermopolis, 1005 Thompson Street, 4A

Aquí estoy, sentada, esperando para la entrevista. Además de dolerme la garganta, me siento como si estuviera a punto de vomitar. A lo mejor la bronquitis se ha convertido en gripe o algo así. A lo mejor el falafel que pedí ayer para cenar estaba hecho con garbanzos podridos o algo así.

O a lo mejor solo estoy atacada de los nervios, ya que la entrevista se emitirá el lunes por la noche y se calcula que llegará a unos 22 millones de hogares.

Aunque la verdad es que me resulta muy difícil creer que 22 millones de familias puedan estar interesadas en nada de lo que yo tenga que decir.

He leído que cuando el príncipe Guillermo concede entrevistas, recibe las preguntas con una semana de antelación y tiene así tiempo para pensar respuestas astutas e incisivas. Al parecer, los miembros de la familia real de Genovia no disfrutan de esa cortesía. Aunque tampoco es que con una semana de ventaja yo pueda pensar en nada astuto ni incisivo. Bueno, vale, quizá sí astuto, pero seguro que no incisivo.

Bueno, probablemente ni siquiera astuto, según lo que me preguntaran.

Así que aquí estoy, sentada, y tengo la impresión de estar a punto de vomitar, y solo quiero que se den prisa y que esto se acabe cuanto antes. Se supone que teníamos que haber empezado hace dos horas.

Pero Grandmère no ha quedado satisfecha con el modo en que la técnica en cosmética (la maquilladora) me ha pintado los ojos. Dice que parezco una *poulet*. Eso significa «prostituta» en francés. O pollo. Pero cuando Grandmère lo dice, siempre significa «prostituta».

¿Por qué no podré tener yo una abuela agradable y normal, que me haga bizcochos y que siempre opine que estoy guapísima, lleve lo que lleve? La abuela de Lilly no ha pronunciado la palabra *prostituta* en toda su vida, ni siquiera en yiddish. No me cabe la menor duda.

Así que la maquilladora ha tenido que bajar a la tienda de *souvenirs* del hotel para ver si tienen sombra de ojos azul. Grandmère quiere que sea azul porque dice que pega con mis ojos. Solo que mis ojos son grises. Me pregunto si Grandmère será acromatópsica. Eso explicaría muchas cosas.

He conocido a Beverly Bellerieve. Lo único positivo de todo esto es que, en realidad, parece casi humana. Me ha dicho que si me pregunta alguna cosa que yo considere demasiado personal o embarazosa, tengo permiso para decir: «No quiero responder a eso». ¿No es un detalle bonito?

Además, la verdad es que es muy guapa. Tendrías que haber visto a papá. Estoy segura de que Beverly va a ser la novia de esta semana. Bueno, al menos es bastante mejor que las mujeres con las que él suele salir. Beverly no tiene demasiada pinta de llevar tanga. Y parece que su tronco encefálico funciona a la perfección.

Por tanto, teniendo en cuenta que Beverly Bellerieve resulta ser tan amable y eso, no parece lógico que yo esté tan nerviosa.

Y, sinceramente, no estoy segura de que sólo sea la entrevista lo que me está haciendo sentirme como si estuviera a punto de vomitar. En realidad es algo que me ha dicho papá cuando ha entrado. Era la primera vez que lo veía desde el rato que pasó en el apartamento mientras yo estaba enferma. Bueno, el caso es que me ha preguntado cómo me encontraba y eso, y le he mentido contestándole que bien, y entonces él ha dicho: «Mia, tu profesor de álgebra…».

Y yo: «Mi profesor de álgebra… ¿qué?», creyendo que iba a preguntarme si el señor Gianini me está enseñando todo lo referente a los números paralelos.

Pero eso no era EN ABSOLUTO lo que me estaba preguntando. Lo que me estaba preguntando era: «Tu profesor de álgebra, ¿está viviendo en el apartamento?».

Bueno, me he quedado tan perpleja que no he sabido qué contestarle. Porque, por supuesto, el señor Gianini no está viviendo allí. No del todo.

Pero lo hará. Y probablemente muy pronto.

Así que me he limitado a responder: «Hum, no».

¡Y papá ha parecido aliviado! ¡Ha parecido muy aliviado, de verdad!

Entonces, ¿qué aspecto va a tener cuando descubra la verdad?

Me resulta muy difícil concentrarme en el hecho de que estoy a punto de ser entrevistada por una periodista y locutora de informativos de televisión de renombre mundial, cuando en lo único en que puedo pensar es en cómo va a sentirse mi pobre padre cuando se entere de que mi madre va a casarse con mi profesor de álgebra y que además va a tener un hijo con él. No es que crea que papá todavía ama a mamá, ni nada por el estilo. Es solo que, como Lilly señaló una vez, su «anhelo de cama crónico» es un claro indicio de que tiene graves cuestiones íntimas por resolver.

Y con Grandmère como madre, puedes imaginar a qué se debe todo eso.

Creo que a él le encantaría tener lo que mamá tiene con el señor Gianini. ¿Quién sabe cómo va a tomarse la noticia de su inminente matrimonio, cuando mamá haga acopio de valor para contársela? Podría sufrir un trastorno o tener alucinaciones. ¡Podría incluso pedirme que me fuera a vivir con él a Genovia, para consolarlo en su dolor!

Y, obviamente, yo tendría que acceder, porque es mi padre y lo quiero y eso.

Pero es que yo no quiero irme a vivir a Genovia. Echaría de menos a Lilly y a Tina Hakim Baba y al resto de mis amigas. ¿Y qué pasaría con Jo-C-rox? ¿Cómo llegaría a descubrir quién es? ¿Y qué pasaría con *Fat Louie*? ¿Podría quedarme con él o no? Se porta muy bien (bueno, salvo cuando le da por ingerir calcetines o por obsesionarse con los objetos brillantes), y si en el castillo hubiera un problema de roedores, él lo resolvería del todo. Pero ¿y si no dejan tener gatos en el palacio? Me refiero a que no le han extirpado las garras, por lo que si tienen mobiliario o tapices valiosos o lo que sea, ya pueden estar despidiéndose de ellos…

El señor G. y mi madre ya están hablando de dónde van a colocar todas las cosas de él cuando se instale en el apartamento. Y el señor G. tiene material musical que suena de maravilla. Como por ejemplo un futbolín, una batería (¿quién iba a suponer que el señor Gianini es músico?), una «máquina del millón» y un televisor de pantalla plana de 36 pulgadas.

Y no bromeo. Es bastante más *guay* de lo que creía.

Si me voy a vivir a Genovia, me perderé la experiencia de tener mi propio futbolín.

Pero si no me voy a vivir a Genovia, ¿quién consolará a mi pobre padre en su soledad crónica?

¡Glups! La técnica en cosmética ya está de vuelta con sombra de ojos azul.

Juro que voy a vomitar. Menos mal que he estado demasiado nerviosa todo el día para comer nada.

¡Oh, Dios mío! ¡Oh, Dios mío! ¡Oh, Dios mío! ¡Oh, Dios mío! ¡Oh, Dios mío! ¡OH, DIOS MÍO!

La he fastidiado. La he fastidiado DEL TODO.

No sé cómo ha ocurrido. En serio que no lo sé. Todo iba bien. Quiero decir que... Beverly Bellerieve... es tan... agradable. Yo estaba muy, muy nerviosa, y ella intentaba calmarme por todos los medios.

Aun así, creo que he metido la pata hasta el fondo.

¿¿¿Creo??? No... ¡SÉ que lo he hecho!

No quería que ocurriera, de verdad que no quería. Ni siquiera sé cómo se me ha escapado. Pero estaba tan nerviosa, tan histérica, y todas aquellas luces y el micrófono y todo lo demás... Me sentía..., no sé. Como si volviera a estar en el despacho de la directora Gupta, reviviendo la escena del jarabe con codeína para la tos.

Entonces, cuando Beverly Bellerieve me ha preguntado: «Mia, ¿no has recibido ninguna noticia emocionante últimamente?», he perdido el norte. Una parte de mí se preguntaba: «¿Cómo se habrá enterado?», y la otra se decía: «Millones de personas van a ver esto; tienes que parecer feliz».

Y entonces lo he soltado: «Oh, sí. Bueno, la verdad es que estoy bastante emocionada. Siempre he querido tener un hermano pequeño, pero ellos prefieren no darle demasiado bombo, ya sabe. Será una ceremonia muy sencilla en el ayuntamiento, y yo seré testigo...».

En ese instante a papá se le ha caído de las manos el vaso de Perrier que estaba bebiendo. Y Grandmère ha empezado a tener taquicardias o algo porque ha tenido que hiperventilar con una bolsa de papel.

Y yo seguía allí sentada, repitiéndome: «¡Oh, Dios mío! ¡Oh, Dios mío! ¿Qué he hecho?».

Obviamente, resulta que Beverly Bellerieve no se estaba refiriendo en absoluto al embarazo de mamá. Obviamente no. ¿Cómo podía haberse enterado de eso?

A lo que en realidad se refería era, claro está, a que mi suspenso en álgebra había ascendido a un aprobado.

He intentado ponerme en pie y acercarme a papá para consolarlo, pues había visto cómo se hundía en la silla y ocultaba el rostro entre las manos. Pero yo estaba atrapada en la maraña de los cables del micrófono. A los chicos del sonido les había llevado como media hora conseguir que funcionara y no quería desmontarles el chiringuito ni nada por el estilo. Pero he visto que a papá han empezado a temblarle los hombros y he sabido que estaba llorando, como siempre hace al final de *Liberad a Willy*, aunque intente fingir que solo es una reacción alérgica.

Al ver el panorama, Beverly ha hecho un gesto con la mano a los cámaras para que dejaran de grabar inmediatamente y me ha ayudado a liberarme de la maraña de cables, un gesto muy amable.

Pero cuando finalmente he llegado hasta papá, he descubierto que no estaba llorando…, aunque no tenía muy buen aspecto. Tampoco sonaba muy bien cuando ha «croado» que alguien le sirviera un whisky.

No obstante, después de tres o cuatro tragos ha recuperado un poco el color, lo cual es mucho más de lo que puedo decir de Grandmère. No creo que se recupere jamás. La última vez que la he visto se estaba tragando un Sidecar en el que alguien había vertido varias pastillas de Alka-Seltzer.

No quiero ni pensar en lo que mi madre va a decirme cuando se entere de lo que he hecho. Aunque papá me ha dicho que no me preocupe, que él le explicará a mamá todo lo ocurrido, no sé…, la expresión de su cara era así como rara. Espero que no tenga intención de pegarle un puñetazo en los morros al señor G.

Muy bien. Solo tengo una pregunta: ¿por qué todo me tiene que ir siempre de mal en peor?

O sea, que al parecer no es suficiente con que:

1. naciera sin ninguna glándula de crecimiento mamario;
2. tenga los pies tan largos como los muslos de una persona normal;
3. sea la única heredera al trono de un principado europeo;
4. el promedio de mis notas esté bajando a pesar de todo;
5. tenga un admirador secreto que no se desenmascara;
6. mi madre esté embarazada de mi profesor de álgebra, y
7. todo Estados Unidos vaya a saberlo después de la emisión, el lunes por la noche, de mi entrevista en exclusiva en *Twenty-Four/Seven*.

Pues no. Además de todo esto, ahora resulta que soy la única de mis amigas que todavía no ha experimentado un beso «de tornillo».

En serio. Para el programa de la próxima semana, Lilly ha insistido en grabar lo que ella llama un «confesionario Scorsésico», con el que espera ilustrar el grado de degeneración al que ha llegado la juventud en nuestros días. Para ello nos ha hecho confesar a todas ante la cámara nuestros peores pecados, y resulta que Shameeka, Tina Hakim Baba, Ling Su y Lilly, TODAS, alguna vez han tenido en la boca la lengua de un chico. *Todas.*

Excepto yo.

Vale, lo de Shameeka no me ha sorprendido. Desde que en verano le crecieron los pechos, los chicos han estado pululando a su alrededor como si fuera la última versión de Tomb Raider o algo así. Y Ling Su y ese tal Clifford, el chico con el que se ha estado viendo, se gustan mucho.

Pero ¿Tina? Quiero decir que... tiene un guardaespaldas, como yo. ¿Cuándo ha estado sola con un chico el tiempo suficiente para que él le diera un beso de tornillo?

¿Y Lilly? Perdona, pero ¿Lilly?, ¿MI MEJOR AMIGA? ¿Quien creo que me lo cuenta todo (aunque yo no necesariamente le devuelva el favor siempre)? ¿Ya ha sentido el tacto de la lengua de un chico en la suya, y no me lo ha contado hasta AHORA?

Al parecer, Boris Pelkowski es mucho más espabilado de lo que parecía, teniendo en cuenta lo del jersey y eso.

Lo siento, pero me parece asqueroso. Asqueroso, asqueroso, asqueroso, asqueroso. Preferiría morir como una criada vieja y marchita y «nunca-jamás-besada» a que Boris Pelkowski me diera un beso de tornillo. Es que siempre lleva restos de COMIDA en el corrector dental. Y no solo comida, sino también vestigios extraños y multicolores de, por ejemplo, ositos de goma y pastelillos de gelatina.

Bueno, Lilly dice que se quita el corrector para besarla.

¡Dios mío! Soy un desperdicio. El único chico que me ha besado en la vida solo lo hizo para conseguir que su foto saliera publicada en la prensa.

Vale, sí..., hubo una cierta «actividad lingual», pero ¡lo prometo!, yo mantuve la boca cerrada a cal y canto.

Y, puesto que nunca me han dado un beso de tornillo y no tenía nada que confesar para el programa, Lilly ha decidido castigarme otorgándome una Acción. Ni siquiera me ha preguntado si prefería una Verdad.

Lilly me ha retado a tirar una berenjena desde la habitación de su ventana, situada en la planta dieciséis del edificio.

Le he dicho que sin duda lo haría, pero que, obviamente, no quería hacerlo. ¡Es que me parecía tan idiota! Podría herir de gravedad a alguien. Estoy dispuesta a ilustrar el grado de degeneración al que han llegado los adolescentes estadounidenses, pero no quiero que nadie reciba un porrazo en la cabeza.

Pero ¿qué otra cosa podía hacer? Era una Acción, y tenía que llevarla a cabo. Bastante malo es no haber experimentado nunca un beso de tornillo. No quiero que además me etiqueten de mojigata.

Y no podía dar media vuelta e irme sin más; bueno, está bien, quizá ningún chico me haya dado nunca un beso de tornillo, pero sí he sido destinataria de una carta de amor escrita por uno. Por un chico, me refiero.

Porque ¿y si Michael es Jo-C-rox? Quiero decir que…, sé que es probable que no sea él, pero…, bueno, ¿y si lo es? No quiero que Lilly lo sepa…, como tampoco quiero que se entere de lo de la entrevista con Beverly Bellerieve, o de que mi madre y el señor G. van a casarse. Estoy intentando por todos los medios ser una chica normal y, francamente, ninguna de las personas mencionadas más arriba pueden considerarse normales, ni remotamente.

Supongo que el hecho de saber que en algún lugar del mundo hay un chico a quien le gusto me ha hecho sentirme más fuerte…, algo que, a decir verdad, podría haber utilizado durante mi entrevista con Beverly Bellerieve, pero en fin. «Quizá no sea capaz de construir una frase coherente cuando hay una cámara cerca enfocándome, pero al menos sí soy capaz de lanzar una berenjena por la ventana», he decidido finalmente.

Lilly se ha quedado de piedra. Nunca antes había aceptado una Acción parecida.

No puedo explicar por qué lo he hecho. A lo mejor solo intentaba estar a la altura de mi nueva reputación como un tipo de chica muy «Josie».

O a lo mejor me daba más miedo lo que Lilly habría intentado hacerme si me hubiera negado. Una vez me hizo correr desnuda por todo el pasillo. Y no me refiero al pasillo del apartamento de los Moscovitz, no, sino al de *fuera* del apartamento.

Fueran cuales fueran los motivos que me empujaron a hacerlo, el caso es que acto seguido me dispuse a pasar a hurtadillas junto a los doctores Moscovitz –que descansaban en el salón, rodeados de pilas de publicaciones médicas importantes, aunque el padre de Lilly leía un ejemplar de *Sports Illustrated,* y la madre, uno de *Cosmo*– y deslizarme hacia la cocina…

«Hola, Mia –me ha dicho el padre de Lilly desde detrás de la revista–. ¿Cómo estás?»

«Eh… –he exclamado, nerviosa–. Bien.»

«¿Y cómo está tu madre?», me ha preguntado la madre de Lilly.

«Bien», le he contestado.

«¿Todavía sigue teniendo citas de carácter social con tu profesor de álgebra?»

«Hum, sí, doctor Moscovitz», le he dicho. Más de las que imagina.

«¿Y sigues tú aceptando la relación sin que ello te provoque conflictos internos?», se ha interesado el padre de Lilly.

«Hum, sí, doctor Moscovitz.» No me ha parecido apropiado explicarle todo, que mi madre va a tener un hijo con el señor G. Además, se suponía que estaba llevando a cabo una Acción. Y cuando uno está llevando a cabo una Acción, se supone que no tiene que pararse para que lo psicoanalicen.

«Bien, salúdala de mi parte –ha dicho la madre de Lilly–. Estamos impacientes por ver su próxima exposición. Será en la Mary Boone Gallery, ¿verdad?»

«Sí, señora», he respondido. Los Moscovitz son grandes admiradores de la obra de mi madre. Uno de sus mejores cuadros, *Mujer disfrutando de un tentempié rápido en Starbucks*, decora el comedor de su apartamento.

«Allí estaremos», ha dicho el padre de Lilly.

Entonces él y su esposa han reanudado su lectura y yo he podido apresurarme hacia la cocina.

He encontrado una berenjena en el cajón de las verduras. La he escondido debajo de la blusa para que los doctores Moscovitz no me vieran regresar a la habitación de su hija con una hortaliza gigante con forma ovalada, algo que sin duda desataría preguntas indeseables. Mientras lo hacía, pensaba: «Este es el aspecto que va a tener mi madre dentro de unos meses». No ha sido un pensamiento muy reconfortante. No creo que, durante el embarazo, mi madre vaya a ponerse ropa de un estilo más clásico o conservador del que llevaba antes de quedarse embarazada. El cual, a decir verdad, no era especialmente clásico ni conservador.

Entonces, mientras Lilly narraba al micrófono con voz grave que Mia Thermopolis estaba a punto de romper una lanza en favor de las chicas buenas del mundo y Shameeka filmaba, he abierto la ventana, me he asegurado de que no había circunstantes inocentes abajo, y entonces…

«¡Bomba va!», he exclamado, emulando a las películas.

Ha sido así como genial contemplar la berenjena, enorme y de color púrpura —era del tamaño de un balón de fútbol— dando vueltas y más vueltas sobre sí misma en el aire a medida que iba cayendo. En la Fifth Avenue, donde viven los Moscovitz, hay bastantes farolas y eso nos ha permitido ver cómo la berenjena descendía, pese a ser de noche. Seguía alejándose más y más, dejando atrás las ventanas de todos los psicoanalistas e inversores de banca (las únicas personas que pueden permitirse un apartamento en el edificio de Lilly), hasta que de pronto…

¡PLAF!

La berenjena ha impactado contra la acera.

Bueno, no solo ha impactado contra la acera. *Ha explotado* en la acera, arrojando trocitos de pulpa en todas direcciones, especialmente contra el autobús M1 que pasaba por allí en aquel momento, pero también sobre un Jaguar que se paseaba por la calle.

Mientras yo seguía asomada a la ventana, admirando la rosa de dispersión que, tras el impacto, habían formado las salpicaduras de pulpa en la calle y en la acera, la puerta del conductor del Jaguar se ha abierto y por ella ha salido un hombre al tiempo que el portero del edificio de Lilly aparecía por debajo de la marquesina que cubre la puerta principal, y ha mirado hacia arriba...

De repente, alguien me ha rodeado la cintura con un brazo y ha tirado de mí con fuerza, haciéndome perder el equilibrio.

«¡Baja de ahí!», ha siseado Michael, casi sentándome en el parqué.

Todos nos hemos agachado. Bueno, Lilly, Michael, Shameeka, Ling Su y Tina se han agachado. Yo ya estaba en el suelo.

¿De dónde había salido Michael? Ni siquiera sabía que estuviera en casa..., y eso que lo había preguntado, en serio, en previsión de la posibilidad de tener que «correr-por-el-pasillo-desnuda». Solo por si acaso, ya sabes.

Pero Lilly había dicho que había ido a una conferencia sobre quásares en Columbia y que tardaría horas en volver a casa.

«¿Es que sois tontas o qué? —ha querido saber Michael—. ¿Acaso no sabéis que, además de ser una eficaz forma de matar a alguien, en Nueva York es ilegal tirar cosas por la ventana?»

«Vamos, Michael —ha exclamado Lilly, con desagrado—. ¡No seas crío! Solo era una hortaliza común de jardín.»

«Hablo en serio. —Michael parecía furioso—. Si alguien viera hacer eso a Mia, podrían arrestarla.»

«No, no podrían arrestarla –ha replicado Lilly–. Es una menor.»

«Aun así podrían llevarla al tribunal de menores. Más vale que no incluyas esa escena en tu programa», ha dicho Michael.

¡Oh, Dios mío! ¡Michael estaba defendiendo mi honor! O al menos estaba intentando asegurarse de que yo no acabaría en un tribunal de menores. ¡Qué detalle tan lindo! ¡Qué detalle tan…, bueno, tan «Jo-C-rox» por su parte!

Lilly le ha espetado: «Por supuesto que la incluiré».

«Bueno, pues entonces tendrás que cortar los fotogramas en los que aparezca la cara de Mia.»

Lilly ha alzado la barbilla. «Ni hablar.»

«Lilly, todo el mundo sabe quién es Mia. Si emites ese fragmento de película, los periódicos y los informativos difundirán la noticia de que la princesa de Genovia ha sido sorprendida lanzando proyectiles desde la ventana del apartamento de su amiga. Sé un poco sensata, por favor.»

He notado que Michael me soltaba la cintura con pesar.

«Lilly, Michael tiene razón –ha intervenido Tina Hakim Baba–. Es mejor que eliminemos esa parte. Mia no necesita más publicidad de la que ya tiene.»

Y Tina ni siquiera sabía lo del *TwentyFour/Seven*.

Lilly se ha puesto en pie y se ha acercado de un salto a la ventana. Ha hecho el amago de asomarse, supongo que para comprobar si el portero y el propietario del Jaguar seguían ahí…, pero Michael ha tirado de ella.

«Regla número uno –ha dicho–. Si insistes en tirar cosas por la ventana, nunca jamás mires si alguien sigue allá abajo mirando hacia aquí arriba. Ellos te verán y descubrirán en qué piso estás. Porque nadie excepto el culpable se asomaría por la ventana en esas circunstancias.»

«Vaya, Michael –ha exclamado Shameeka con admiración–. Hablas como si ya hubieras pasado por esto.»

No solo eso. Hablaba como Harry el Sucio.

Justo como yo me sentía al tirar la berenjena por la ventana. Como Harry el Sucio.

Y había estado bien..., pero no tanto como el hecho de que Michael saliera en mi defensa de aquel modo.

Michael ha comentado entonces: «Digamos que a mí solían interesarme mucho los experimentos relacionados con la fuerza de la gravedad».

Vaya. Al parecer me queda mucho por descubrir sobre el hermano de Lilly. ¡Como por ejemplo que ha sido un delincuente juvenil!

¿Podría un delincuente-juvenil-genio-informático llegar a interesarse por una princesa «plana» como yo? Esta noche me ha salvado la vida (vale, está bien: me ha salvado de un posible altercado con la comunidad de vecinos).

No es un beso de tornillo, ni un baile lento, ni siquiera la confesión de que es el autor de la carta anónima.

Pero es un comienzo.

«Sé lo que estás pensando:
si disparé las seis balas o solo cinco.
Con todo este ajetreo,
yo también he perdido la cuenta.
¿No crees que debieras pensar
que eres afortunado?

(pausa)

Contesta, vago.»

COSAS QUE HACER

1. Diario para la asignatura de lengua.
2. Dejar de pensar en esa estúpida carta.
3. Ídem con Michael Moscovitz.
4. Ídem con la entrevista.
5. Ídem con mamá.
6. Cambiar la arena de los gatos.
7. Recoger la colada.
8. Llamar a alguien para que instale un pestillo en la puerta del cuarto de baño.
9. Comprar: Jabón para el lavavajillas.

   Bastoncillos para los oídos.

   Tensores de lienzo (para mamá).

   El producto ese que se pone en las uñas y hace que sepan fatal.

   Algo bonito para el señor Gianini, que sirva para decirle: «Bienvenido a casa».

   Algo bonito para papá, que sirva para decirle: «No te preocupes, algún día tú también encontrarás el amor verdadero».

Me daba mucho miedo llegar a casa y encontrarme a mamá desilusionada por mi culpa.

No que me chillara. Mi madre no es del tipo de personas que chillan.

Pero sí se desilusiona por mi culpa, por ejemplo cuando hago alguna estupidez como no llamarla para decirle dónde estoy si se hace tarde y aún no he vuelto a casa (lo cual, teniendo en cuenta mi vida social, o la ausencia de la misma, raramente ocurre).

Sin embargo, esta vez la he fastidiado y bien fastidiada. Esta mañana me ha costado muchísimo irme de casa de los Moscovitz y volver a la mía, a sabiendas del potencial de desilusión que me esperaba aquí.

Claro que siempre me cuesta mucho irme de casa de Lilly. Cada vez que voy allí tengo la impresión de estar tomándome unas vacaciones de mi vida real. ¡Lilly tiene una familia tan agradable y normal! Bueno, tan normal como puedan serlo dos psicoanalistas cuyo hijo tiene una revista digital propia y cuya hija tiene un programa propio en un canal de televisión. En casa de los Moscovitz, el problema más grave es averiguar a quién le toca sacar a pasear a *Pavlov*, su sheltie, o decidir ante la disyuntiva de pedir comida china o tailandesa.

En mi casa, los problemas parecen siempre un poco más complicados.

Pero cuando por fin he hecho acopio de valor para volver a casa, mamá se ha alegrado muchísimo de verme. Me ha dado un fuerte abrazo y me ha dicho que no me preocupe por lo que había pasado durante la grabación de la entrevista. Me ha explicado que había hablado con papá y que lo ha comprendido perfectamente. Incluso ha intentado convencerme de que ha sido culpa suya por no haberle contado nada antes.

Aunque sé que no es verdad –ha sido culpa mía, mía y de mi estúpida boca–, he agradecido oír algo así.

Luego nos hemos sentado un rato y nos hemos divertido planificando su boda con el señor G. Mamá ha pensado que Halloween sería un día idóneo para casarse, ya que la idea del matrimonio es de por sí pavorosa. Y puesto que al parecer el enlace va a celebrarse en el ayuntamiento, eso significa que probablemente tendré que ausentarme de clase ese día, ¡pero por mí, genial!

Y ya que se celebrará el día de Halloween, mi madre ha pensado que en lugar de llevar un vestido de novia, acudirá al juzgado disfrazada de King Kong. Quiere que yo me disfrace del edificio del Empire State (Dios sabe que soy suficientemente alta). Intentaba convencer al señor G. para que se vista de Fay Ray cuando ha sonado el teléfono y mamá me ha dicho que era Lilly y que preguntaba por mí.

Me ha sorprendido porque acababa de irme de su casa, pero he imaginado que me habría dejado allí el cepillo de dientes o algo así.

Sin embargo, ese no era el motivo de su llamada. Ese no era en absoluto el motivo de su llamada…, tal y como he comprobado en cuanto me ha preguntado con tono áspero: «¿Qué es eso que he oído de que esta semana te entrevistan en el *Twenty-Four/Seven*?».

Me he quedado de piedra. En realidad he pensado que Lilly tiene poderes extrasensoriales o algo parecido y ha estado ocultándomelo todos estos años. Le he contestado: «¿Cómo te has enterado?».

«Porque lo están anunciando cada cinco minutos, zopenca.»

He encendido el televisor. ¡Lilly tenía razón! Pusiera el canal que pusiera, encontraba un anuncio instando a los telespectadores a sintonizarlo «mañana por la noche» para ver la entrevista en exclusiva de Beverly Bellerieve con «la Princesa Mia, la realeza de Estados Unidos».

¡Oh, Dios mío! Mi vida está acabada.

«Y bien. ¿Por qué no me has dicho que vas a salir por la televisión?», quería saber Lilly.

«No lo sé —le he contestado, mientras volvía a invadirme otra vez la sensación de estar a punto de vomitar—. Fue ayer. No hay para tanto.»

Lilly ha empezado a gritarme de tal manera que he tenido que alejarme el auricular de la oreja.

«¿¿¿QUE NO HAY PARA TANTO??? Te ha entrevistado Beverly Bellerieve ¿¿¿Y NO HAY PARA TANTO??? ¿¿¿Es que no te das cuenta de que BEVERLY BELLERIEVE ES UNA DE LAS PERIODISTAS MÁS POPULARES Y CONTUNDENTES DE ESTADOS UNIDOS, y que siempre ha sido mi MODELO ABSOLUTO y mi HEROÍNA???»

Cuando finalmente se ha calmado y me ha dejado hablar, he intentado explicarle a Lilly que no tenía ni idea de los méritos periodísticos de Beverly, y mucho menos de que fuera su modelo absoluto y su heroína. Le he dicho que, sencillamente, parecía una mujer muy agradable.

Para entonces Lilly ya estaba harta de mí y me ha dicho: «La única razón por la que no me pongo furiosa contigo es que mañana vas a explicarme hasta el último detalle».

«Ah…, ¿sí?»

Entonces le he formulado una pregunta algo más sustanciosa que esta última: «¿Y por qué tendrías que ponerte furiosa conmigo?». Me interesaba de verdad saberlo.

«Porque me cediste los derechos en exclusiva para entrevistarte —observó Lilly—. Para *Lilly lo cuenta tal y como es*.»

No recuerdo haberlo hecho, pero supongo que debe de ser verdad.

Por lo que pude ver en el anuncio de la entrevista, Grand-mère tenía razón con respecto al color azul de la sombra de ojos. Toda una sorpresa, porque se ha equivocado en muchas otras cosas.

CINCO COSAS PRINCIPALES
EN LAS QUE GRANDMÈRE SE HA EQUIVOCADO

1. Que mi padre sentaría la cabeza cuando encontrara a la mujer adecuada.
2. Que *Fat Louie* me robaría el aliento y me asfixiaría mientras yo dormía.
3. Que si no iba a una escuela solo para chicas, contraería una enfermedad social.
4. Que si me perforaba las orejas, se me infectarían y moriría por intoxicación de la sangre.
5. Que mi figura adquiriría curvas al llegar a la adolescencia.

No vas a creer lo que han traído a casa en mi ausencia. Estaba segura de que se trataba de un error hasta que he visto la siguiente nota adjunta. Voy a matar a mi madre.

Colmado Jefferson
Los productos más frescos. ¡Garantizado!
Entrega a domicilio rápida y gratuita

Pedido n.º 2803

1 paquete de palomitas con queso para microondas
1 caja de batidos de chocolate
1 tarro de olivas para cóctel
1 bolsa de galletas Oreo
1 tarrina grande de helado con virutas de chocolate
1 paquete de salchichas de carne de ternera
1 paquete de panecillos para hacer perritos calientes
1 paquete de queso en lonchas
1 bolsa de galletas de chocolate con leche
1 bolsa de patatas *chip* con sabor a barbacoa
1 bote de cacahuetes dulces
1 caja de galletas surtidas
1 tarro de pepinillos dulces
Papel higiénico
2,5 kg de jamón

Entregar a:
Helen Thermopolis, 1005 Thompson Street, 4A

¿Acaso no tiene la menor idea de los efectos perniciosos que tanta grasa saturada y tanto sodio tendrán sobre el feto? Ya veo que al señor Gianini y a mí no nos quedará más remedio que vigilarla sin respiro durante los próximos siete meses. Se lo he dado todo, menos el papel higiénico, a Ronnie, la vecina de al lado. Ronnie dice que piensa regalar lo más «artificial» al primer jovencito que se acerque la noche de Halloween. Tiene que cuidar mucho su figura desde la operación de cambio de sexo. Ahora que le inyectan estrógenos cada dos por tres, todo le va a parar directamente a las caderas.

¡Otro *e-mail* de Jo-C-rox!
Este dice lo siguiente:

JoCrox: Hola, Mia. Acabo de ver el anuncio de tu entrevista. Sales guapísima.

Siento no poder decirte quién soy. Me sorprende que todavía no lo hayas adivinado. Ahora deja de consultar el *e-mail* y ponte a hacer los deberes de álgebra. Sé cómo eres con eso. Es una de las cosas que más me gustan de ti.

Tu amigo

Vale, esto va a volverme loca. ¿Quién podrá ser? ¿¿¿Quién??? Le he contestado de inmediato:

FtLouie: ¿¿¿QUIÉN ERES?????????????????????? ??? ???????????????????????????????????

Esperaba que desvelara su identidad *hipso facto*, pero ni siquiera ha contestado. He estado intentando averiguar quién conozco que sepa que siempre espero al último momento para hacer los deberes de álgebra. Sin embargo, por desgracia creo que todo el mundo lo sabe.

Pero la persona que mejor lo sabe es Michael. ¿Acaso no me ayuda con los deberes de álgebra todos los días en la hora de G y T? Y siempre me riñe por no anotar los restos y las diferencias en líneas suficientemente rectas y todo eso.

OJALÁ Jo-C-rox fuera Michael Moscovitz. ¡Ojalá! ¡Ojalá! ¡OJALÁ!

Pero estoy segura de que no es él. Eso sería sencillamente demasiado bueno para ser verdad. Y las cosas fantásticas de verdad como esa solo les pasan a chicas como Lana Weinberger, nunca a chicas como yo. Conociendo la suerte que tengo, seguro que se trata de ese chico tan raro del chili. O algún otro que respira por la boca, como Boris.

¿POR QUÉ A MÍ?

Por desgracia, al parecer Lilly no es la única que ha visto los anuncios de la emisión de esta noche.

Todo el mundo habla de ello. Y cuando digo todo el mundo, me refiero a TODO EL MUNDO.

Y todo el mundo dice que va a verlo.

Lo que significa que mañana todo el mundo sabrá lo de mi madre y el señor Gianini.

No es que me importe. De hecho, no hay nada de lo que avergonzarse. Nada en absoluto. El embarazo es algo hermoso y natural.

Aun así, desearía recordar más y mejor mi conversación con Beverly, porque estoy segura de que la inminente boda de mi madre no fue el único tema del que hablamos. Me preocupa muchísimo que dijera otras cosas que luego sonarán idiotas.

He decidido que debería estudiar con mayor detenimiento la idea de recibir la educación en casa, solo por si acaso…

Tina Hakim Baba me ha dicho que a su madre, que fue *top model* en Inglaterra antes de casarse con el señor Hakim Baba, la entrevistaban cada dos por tres. La señora Hakim Baba afirma que, como gentileza, los entrevistadores le enviaban siempre con antelación una copia de la grabación y así, si ella tenía alguna objeción, podía enmendarla antes de que la emitiesen.

Me ha parecido una buena idea, por lo que a la hora del almuerzo he llamado a mi padre a la suite del hotel y le he preguntado si podría conseguir que Beverly hiciera eso por mí.

Él ha contestado: «Espera» y se lo ha preguntado. ¡Resulta que Beverly estaba allí! ¡En la habitación de mi padre! ¡Un lunes por la tarde!

Entonces, para mi total humillación, Beverly Bellerieve ha cogido y se ha puesto al teléfono y ha dicho: «¿Qué ocurre, Mia?».

Le he explicado que todavía estaba bastante nerviosa por la entrevista y que si había alguna posibilidad de que yo pudiera ver una copia antes de que la emitieran.

Beverly me ha soltado una retahíla de argumentos para decirme lo adorable que soy y lo innecesario que era eso. Ahora que lo pienso, no recuerdo con exactitud lo que ha dicho, pero enseguida me ha embargado la agradable sensación de que todo va a ir bien.

Beverly es una de esas personas que consiguen que una se sienta bien consigo misma. No sé cómo lo hace.

No me extraña que papá no la haya dejado salir de su habitación del hotel desde el sábado.

Dos coches salen de una ciudad al mismo tiempo. Uno se dirige hacia el norte a 65 km/h y el otro se dirige hacia el sur a 80 km/h. ¿Al cabo de cuántas horas se encontrarán a 580 km de distancia?

¿Y qué importancia tiene eso? Vamos, en serio.

Lunes, 27 de octubre, clase de biología

La señora Sing, nuestra profesora de biología, dice que es fisiológicamente imposible morirse de aburrimiento ni de vergüenza, pero yo sé que no es verdad, porque ahora mismo yo estoy sufriendo insuficiencia cardíaca.

La causa es que, después de la clase de G y T, Michael, Lilly y yo íbamos por el pasillo, ya que Lilly se dirigía a la sesión de psicoanálisis, yo al aula de biología y Michael a la de cálculo, que están una frente a la otra al final del pasillo, y Lana Weinberger ha venido directa hacia nosotros –DIRECTA HACIA MICHAEL Y YO–, ha alzado dos dedos, los ha meneado y ha soltado: «Vaya, parejita, ¿estáis saliendo juntos?».

En serio, podría morirme ahora mismo. Y es que tendrías que haber visto la cara de Michael. Parecía que su cabeza estaba a punto de explotar, de lo rojo que se ha puesto.

Y yo no me he quedado precisamente pálida, seguro que no.

Lilly no ha ayudado demasiado al soltar una estridente carcajada de caballo y exclamar: «¡Como si lo estuvieran!».

Lo cual ha provocado que Lana y sus compinches también estallaran en sonoras risotadas.

La verdad, no sé qué tiene de gracioso. Es evidente que esas chicas no han visto a Michael Moscovitz sin camisa. Y, créeme, yo sí.

Supongo que por ser tan ridícula la situación, Michael se ha limitado a hacerse el sueco, más o menos. Pero, en serio, a mí me está costando cada vez más no preguntarle si es Jo-C-rox. De hecho, sigo intentando encontrar la manera de sacar a colación *Josie y las Gatimelódicas*. Sé que no debería hacerlo, ¡pero no puedo evitarlo!

No sé cuánto tiempo más voy a soportar el hecho de ser la única chica de noveno curso que no tiene novio.

DEBERES

Álgebra: problemas de la p. 135.

Lengua: «Extrae el máximo partido de tu persona, pues eso es todo lo que eres.» Ralph Waldo Emerson.

Describe en tu diario los sentimientos que te inspira esta cita.

Civilizaciones del Mundo: preguntas al final de la lección 9.

G y T: n. s./n.c.

Francés: planifica un itinerario para un hipotético viaje a París.

Biología: Kenny se encarga de hacerlos.

Recuérdale a mamá que concierte una visita con un genetista diplomado. ¿Podrían ella o el señor G. ser portadores del gen mutante causante de la enfermedad de Tay Sachs? Es común entre los judíos originarios de la Europa del Este y los canadienses de ascendencia francesa. ¿Habrá algún canadiense de ascendencia francesa en nuestra familia? ¡INVESTIGARLO!

Jamás creí que llegaría a decir esto, pero estoy preocupada por Grandmère.

En serio. Creo que, oficialmente, ha perdido la chaveta.

He ido a su suite del hotel para asistir a la lección diaria de princesa —ya que mi presentación oficial al pueblo de Genovia está programada para no sé qué día de diciembre, y Grandmère quiere asegurarse de que no insultaré a ningún dignatario ni nada por el estilo durante el transcurso de la ceremonia— y ¿adivinas lo que estaba haciendo Grandmère?

Estaba consultando al planificador de acontecimientos de Genovia sobre la boda de mi madre.

En serio, de verdad. Grandmère le ha ordenado coger un avión y venir. ¡Desde Genovia! Allí estaban, sentados a la mesa con una hoja de papel enorme desplegada frente a ellos, en la que había dibujados unos círculos y a la que Grandmère estaba adhiriendo unas etiquetas diminutas. Cuando he entrado, ella ha alzado la mirada y ha dicho, en francés: «Oh, Amelia. Estupendo. Acércate y siéntate. Tú, Vigo y yo tenemos mucho de que hablar».

Creo que se me han salido los ojos de las órbitas. No podía creer lo que estaba viendo. Confiaba de todo corazón en que lo que estaba viendo fuera…, bueno, que no fuera lo que estaba viendo.

«Granmère —le he dicho—. ¿Qué estás haciendo?»

«¿Acaso no es evidente? —Grandmère me ha mirado con las cejas pintadas más arqueadas que nunca—. Planificar una boda, por supuesto.»

He tragado saliva. Mala cosa. MUY mala.

«Hum —he respondido—. ¿Qué boda, Grandmère?»

Me ha dirigido una mirada muy sarcástica. «Adivina», ha respondido.

He vuelto a tragar saliva. «Esto…, Grandmère —le he dicho—. ¿Podemos hablar un momento? ¿En privado?»

Pero Grandmère tan solo ha agitado una mano y ha replicado: «Lo que tengas que decirme, sea lo que sea, puedes decirlo en presencia de Vigo. Se moría de ganas de conocerte. Vigo, te presento a Su Alteza Real, la Princesa Amelia Mignonette Grimaldi Renaldo».

Ha prescindido de «Thermopolis». Siempre lo hace.

Vigo se ha puesto en pie de un salto y se me ha acercado a toda prisa. Era un poco más bajo que yo, debía de tener la edad de mi madre y llevaba un traje gris. Parecía compartir la afición de mi abuela por el color púrpura, pues llevaba una camisa de tono lavándula y de algún material muy brillante, y con una corbata a juego igualmente brillante de color violeta oscuro.

«Alteza —ha barboteado—. El placer es mío. Me complace enormemente conocerla, al fin. —Luego, dirigiéndose a Grandmère, ha añadido—: Tenía razón, *madame*. Tiene la nariz de los Renaldo.»

«Ya te lo dije, ¿no es cierto? —Grandmère hablaba en un tono relamido—. Es sobrenatural.»

«Totalmente de acuerdo. —Vigo ha confeccionado una especie de marco con los índices y los pulgares, y me ha observado a través de él—. Rosa —ha dicho, con decisión—. Absolutamente rosa. Me parece ideal una dama de honor rosa. Pero creo que el resto de la comitiva irá de color marfil. Como Diana. Claro que Diana siempre estaba tan acertada…»

«Es un placer conocerlo —le he dicho a Vigo—, pero el caso es que creo que mamá y el señor Gianini tenían previsto celebrar una ceremonia más bien privada en…»

«El ayuntamiento. –Grandmère ha mirado al techo con desdén. Siempre que hace eso da un poco de miedo, porque hace mucho tiempo decidió tatuarse el perfil de los párpados para no tener que desperdiciar un tiempo precioso en maquillarse cada vez que…, bueno, que quería aterrorizar a alguien–. Sí, ya lo he oído. Obviamente, es una idea ridícula. Se casarán en el Salón Blanco y Dorado del Plaza, con la pertinente recepción posterior en el Gran Salón de Baile, como debe ser propio en la madre de la futura regente de Genovia.»

«Hum –he musitado–. La verdad es que no creo que sea eso lo que ellos quieren.»

Grandmère me ha mirado con incredulidad. «¿Y por qué demonios no iban a quererlo? Obviamente tu padre lo costeará todo. Y yo he sido muy generosa. Cada uno podrá traer a veinticinco invitados.»

He desviado la mirada hacia la enorme hoja de papel. En ella había bastante más de cincuenta etiquetas.

Grandmère debe de haberse percatado del detalle, pues ha añadido: «Bueno, obviamente yo requiero al menos trescientos».

La he mirado fijamente. «¿Trescientos qué?»

«Invitados, obviamente.»

Enseguida me he dado cuenta de que la situación me quedaba un poco grande. Iba a tener que pedir refuerzos si quería llegar a algún acuerdo con ella.

«A lo mejor –he dicho– debería llamar a papá y decirle que tome cartas en el asunto…»

«Buena suerte –me ha espetado Grandmère con un bufido burlón–. Ha salido con esa tal Bellerieve y no he vuelto a saber de él. Si no se anda con cuidado, acabará en la misma tesitura que ese profesor tuyo de álgebra.»

Con la salvedad de que es del todo improbable que papá deje embarazada a ninguna mujer, ya que la única razón por la que su heredera soy yo y no algún otro vástago engendrado legítimamente, es que ya no es fértil a consecuencia de las dosis intensivas y masivas de quimioterapia que le curaron el cáncer de testículo. Sin embargo, supongo que Grandmère sigue negándose a aceptarlo, teniendo en cuenta la heredera tan decepcionante que he resultado ser yo.

Ha sido en ese instante cuando hemos oído un ruido extraño, semejante a un lamento, procedente de debajo de la silla de Grandmère. Ambas hemos bajado la mirada. *Rommel*, el perro lanudo en miniatura de Grandmère, se había encogido de miedo al verme.

Ya sé que soy un espanto y todo eso, pero, la verdad, me parece ridículo el miedo que me tiene ese perro. ¡Pero si yo adoro a los animales!

Sin embargo, incluso a san Francisco de Asís le costaría lo suyo apreciar a *Rommel*. Veamos. Para empezar, recientemente ha desarrollado un trastorno nervioso (para ser sincera, creo que la causa ha sido la estrecha convivencia con mi abuela) que le ha provocado la caída de todo el pelo, por lo que Grandmère lo viste con pequeños jerséis y abrigos para que no coja frío.

Hoy *Rommel* llevaba una chaquetilla de visón. Y no es broma: la chaquetilla había sido teñida de violeta para hacer juego con la que colgaba de los hombros de Grandmère. Ya es de por sí horroroso ver a una persona vestida con pieles, pero es mil veces peor ver a un animal vestido con la piel de otro animal.

«*Rommel* –ha chillado Grandmère al perro–. Deja de gruñir.»

Solo que *Rommel* no gruñía, sino que lloriqueaba. Lloriqueaba de miedo. Miedo de mí. ¡DE MÍ!

¿Cuántas veces en un mismo día tengo que ser humillada?

«Oh, perro estúpido.» Grandmère se ha agachado y ha cogido a *Rommel*, muy a pesar del pobre perro. No me cabe duda de que los broches de diamantes se le estaban clavando en la columna vertebral (el animalito no tiene ni un gramo de grasa y, como tampoco tiene pelo, es especialmente sensible a los objetos punzantes); pero, aunque él se ha agitado para zafarse, ella lo ha retenido en su regazo.

«Bien, Amelia –ha dicho Grandmère–. Necesito que tu madre y el "como-se-llame" hagan esta noche una lista con los nombres y los apellidos de sus invitados para enviar mañana las invitaciones con un mensajero privado. Sé que tu madre querrá invitar a algunas de esas amigas suyas…, ejem, más "liberales", Mia, pero creo que sería mejor que ellas se quedaran fuera con los periodistas y los curiosos, y la saludaran con la mano cuando bajara de la limusina y después volviera a subir. De ese modo se sentirán partícipes, pero no incomodarán a nadie con sus cortes de pelo de mal gusto y sus atuendos baratos.»

«Grandmère –le he dicho–. De verdad, yo creo que…»

«¿Y qué te parece este vestido?» Grandmère ha sostenido en alto una foto de un vestido de novia diseñado por Vera Wang, con una falda enorme de lo más hortera que mamá no se pondría ni muerta.

Vigo ha soltado: «No, no, Alteza. Me parece que esto se aproxima más a la idea». Y entonces ha alzado una fotografía de un modelo Armani muy provocativo que mamá tampoco se pondría ni muerta.

«Esto…, Grandmère –le he dicho–. Es muy amable por tu parte, pero mi madre no quiere en absoluto una gran ceremonia. De veras, en absoluto.»

«*Pfuit* –ha exclamado Grandmère. *Pfuit* es la acepción francesa de "bah, no"–. Sí la querrá cuando vea los exquisitos *hors d'oeuvres* que se servirán en la recepción. Háblale de ellos, Vigo.»

Vigo ha explicado con deleite: «Champiñones rellenos de trufa, puntas de espárrago envueltas en láminas de salmón, vainas de guisantes rellenas de queso de cabra, endibias rellenas hoja por hoja de queso azul cuidadosamente desmenuzado…».

Lo he interrumpido: «Hum, ¿Grandmère? No, no querrá. Créeme».

Grandmère ha insistido: «Bobadas. Confía en mí, Mia. Algún día tu madre agradecerá todo esto. Vigo y yo vamos a convertir el día de su boda en un acontecimiento que jamás olvidará».

De eso no me cabía la menor duda.

Le he dicho: «De verdad, Grandmère. Mamá y el señor G. estaban planificando algo muy informal y sencillo…».

Pero entonces Grandmère me ha lanzado una de esas miradas tan suyas —son muy aterradoras— y ha dicho, con un tono de voz implacablemente severo: «Durante tres años, mientras tu abuelo estaba fuera, divirtiéndose de lo lindo en la lucha contra los alemanes, yo contuve a los nazis, por no hablar de Mussolini, en la bahía. Lanzaban morteros contra las puertas del palacio. Intentaron cruzar el foso con tanques. Y aun así resistí, con la única ayuda de mi tenaz fuerza de voluntad. ¿Y vas a decirme tú, Amelia, que no seré capaz de convencer a una mujer embarazada de que vea las cosas a mi manera?».

Bueno, yo no digo que mamá tenga nada en común con Mussolini ni con los nazis, pero ¿oponer resistencia a Grandmère? Entre mamá y un dictador extranjero, apostaría mi dinero por mamá sin pensármelo.

He visto que este razonamiento no iba a surtir efecto alguno en este caso, así que he seguido escuchando a Vigo deleitarse con el menú que había escogido, con la música que había seleccionado para la ceremonia y la posterior recepción…, e incluso con el álbum que el fotógrafo había elegido.

Pero hasta que me han enseñado una de las invitaciones, no he caído en la cuenta de algo.

«¿La boda es este viernes?», he chirriado.

«Sí», ha contestado Grandmère.

«¡Es Halloween!» El mismo día de la boda de mamá en el juzgado. Y también, accidentalmente, la misma noche de la fiesta de Shameeka.

Grandmère parecía aburrida. «¿Y?»

«Bueno, es solo que… Ya sabes: Halloween.»

Vigo ha mirado a mi abuela. «¿Qué es Halloween?», ha preguntado. Entonces he recordado que en Genovia no suelen celebrar Halloween.

«Una fiesta pagana —ha respondido Grandmère, estremeciéndose—. Los niños se disfrazan y piden caramelos a los desconocidos. Una horrible tradición americana.»

«Falta una semana», le he recordado.

Grandmère ha arqueado sus cejas dibujadas. «¿Y?»

«Bueno, es muy…, ya sabes, pronto. La gente… —como yo— podría tener ya otros planes.»

«No quisiera ser indiscreto, Alteza —ha intervenido Vigo—, pero hemos creído oportuno despachar la ceremonia antes de que a su madre…, bueno, se le empiece a *notar*.»

Genial. Así que incluso el organizador de los acontecimientos reales de Genovia sabe que mi madre está embarazada. ¿Por qué Grandmère no va y alquila un dirigible para proclamarlo a los cuatro vientos?

Entonces Grandmère ha empezado a explicarme que, ya que estábamos con el tema de las bodas y eso, esta era una buena ocasión para que yo aprenda lo que se esperará de los futuros consortes que pueda tener.

Eh, un momento. «¿Futuros *qué*?»

«Consortes —ha repetido Vigo, exaltado—. El cónyuge del monarca regente. El príncipe Felipe es el *consorte* de la reina Isabel. El hombre que escoja para desposarse, Alteza, será *su* consorte.»

Lo he mirado, parpadeando. «Creía que usted era el organizador de eventos reales de Genovia», le he dicho.

«Vigo no cumple únicamente las funciones de organizador de eventos, sino que además es el experto en protocolo de la familia real», me ha explicado Grandmère.

«¿Protocolo? Yo creía que eso era algo relacionado con el ejército…»

Grandmère ha vuelto a alzar la mirada al techo. «El protocolo es el conjunto de normas de ceremonia y etiqueta que los dignatarios extranjeros deben observar en las funciones de Estado. En tu caso, Vigo te explicará las expectativas sobre tu futuro consorte, solo para que después no surjan sorpresas desagradables.»

Entonces Grandmère me ha hecho coger una hoja de papel y escribir exactamente lo que Vigo iba diciendo a fin de que, según me ha informado, dentro de cuatro años, cuando vaya a la universidad y se me pase por la cabeza establecer un vínculo sentimental o romántico con alguien del todo inapropiado, sepa por qué ella se pondrá furiosa.

¿Universidad? Es evidente que Grandmère no sabe que en este mismo momento ya estoy siendo activamente pretendida por aspirantes a consortes.

Obviamente, ni siquiera sé el verdadero nombre de Jo-C-rox, pero, en fin, algo es algo.

Entonces he descubierto con pelos y señales lo que los consortes tienen que hacer. Y ahora dudo un poco de que nadie me dé pronto un beso de tornillo. De hecho, ahora ya tengo claro por qué mi madre no quiso casarse con mi padre…, bueno, en caso de que él se lo haya pedido alguna vez.

He pegado aquí la hoja de papel:

Expectativas de todo Consorte Real
de la Princesa de Genovia

El consorte pedirá permiso a la princesa antes de abandonar la habitación o la sala donde se encuentren.

El consorte esperará a que la princesa acabe de hablar antes de tomar la palabra.

El consorte esperará a que la princesa coja el tenedor antes de coger él el suyo en la mesa.

El consorte no se sentará hasta que la princesa esté sentada.

El consorte se levantará cuando la princesa se levante.

El consorte no incurrirá en ningún tipo de conducta o actividad arriesgada, como las carreras —en coche o lancha—, la escalada, la caída libre, etcétera, hasta haber engendrado un heredero al trono.

El consorte renunciará, en caso de anulación o divorcio, al derecho de custodia de los hijos nacidos en el seno del matrimonio.

El consorte renunciará a la nacionalidad de su país natal en favor de la nacionalidad de Genovia.

Vale. En serio. ¿Con qué tipo de pazguato voy a acabar yo?

En realidad, me consideraré afortunada si algún día consigo que alguien quiera casarse conmigo. ¿Qué necio querría casarse con una chica a la que no va a poder interrumpir nunca, que tiene vetada la posibilidad de dar media vuelta e irse en mitad de una discusión, y que va a verse obligado a renunciar a su nacionalidad?

Me estremezco al imaginar al perdedor total con el que algún día me obligarán a casarme. Ya estoy de luto por el fascinante chico, amante de las carreras de coches, la escalada y la caída libre, que podría haber tenido de no ser por este miserable asunto de la princesa.

LAS CINCO PEORES COSAS
DE SER UNA PRINCESA

1. No puedo casarme con Michael Moscovitz (él jamás renunciaría a su nacionalidad estadounidense en favor de la de Genovia).
2. No puedo ir a ningún sitio sin guardaespaldas (aprecio a Lars, pero, ¡por favor!, hasta el Papa consigue a veces rezar solo).
3. Debo mantener una opinión neutral sobre temas importantes, como la industria cárnica y el tabaco.
4. Las lecciones de princesa con Grandmère.
5. Sigo estando obligada a aprender álgebra aunque no haya razón por la que vaya a tener que utilizarla en mi futuro como regente de un pequeño principado europeo.

Lunes 27 de octubre, más tarde

Pensé que en cuanto llegara a casa le diría a mamá que ella y el señor G. tienen que fugarse lo antes posible. ¡Grandmère ha hecho venir a un profesional! Sé que para ella será una lata, estando tan cerca la inauguración de su próxima exposición y lo demás, pero, o eso, o una ceremonia nupcial real de un calibre que esta ciudad no ha visto desde…

Bueno, nunca.

Pero al llegar a casa, me he encontrado a mamá con la cabeza inclinada sobre el inodoro.

Resulta que ya han comenzado las náuseas matinales…, y no de forma exclusiva, puesto que vomita a cualquier hora, no solo por la mañana.

Estaba tan mareada que no he tenido valor de hacer que se sintiera aún peor explicándole los planes de Grandmère.

«Asegúrate de que haya una cinta puesta», seguía diciendo mamá desde el cuarto de baño. No sabía a qué se refería, pero el señor G. sí.

Se refería a que me asegurara de grabar la entrevista. ¡La entrevista con Beverly Bellerieve! Lo había olvidado por completo, después de lo sucedido en la suite de Grandmère. Pero mamá no.

Dado que mamá estaba indispuesta, el señor G. y yo nos hemos sentado juntos a ver la entrevista…; bueno, entre visita y visita al cuarto de baño para ofrecerle a mamá sales de fruta y galletas saladas.

Pensé que le explicaría al señor G. lo de Grandmère en la primera pausa publicitaria…, pero creo que se me ha olvidado a causa del indescriptible horror de lo que ha ocurrido a continuación.

Beverly Bellerieve —sin duda en un esfuerzo por impresionar a mi padre— nos ha enviado por mensajero una copia y una transcripción de la entrevista. Voy a reproducir aquí algunas partes y así, si alguna vez vuelven a entrevistarme, podré consultarlas y saber exactamente por qué no debería permitirme a mí misma volver a salir en la televisión nunca más.

TWENTYFOUR/SEVEN del lunes 27 de octubre

La Princesa de Estados Unidos

Entrevista de B. Bellerieve a M. Renaldo

Ext. Thompson Street, sur de Houston (Soho).

Beverly Bellerieve (B. B.): Imagínense a una adolescente corriente. Bien, tan corriente como puede serlo una joven que vive en el Greenwich Village de Nueva York con su madre soltera, la reputada pintora Helen Thermopolis.

La vida de Mia giraba en torno a las cosas normales que conforman la vida de la mayoría de los adolescentes: los deberes, los amigos, algún suspenso ocasional en álgebra... Hasta que un día todo cambió.

Int. suite presidencial, Hotel Plaza.

B. B.: Mia... ¿Puedo llamarte Mia? ¿O preferirías que te llamara Alteza? ¿O Amelia?

Mia Renaldo (M. R.): Hum, puede llamarme Mia.

B. B.: Mia. Háblanos de aquel día, el día en que tu vida cambió drásticamente.

M. R.: Bueno..., hum..., lo que pasó fue que mi padre y yo estábamos en el Plaza y eso, y yo estaba tomando un té, y me cogió hipo, y todo el mundo me miraba y mi padre, ya sabe, intentaba decirme que soy la heredera al trono de Genovia, el país donde él vive, y yo le dije: «Mira, tengo que ir al servicio», y eso hice, y esperé allí hasta que se me pasó el hipo y entonces volví a la mesa y él me dijo que soy una princesa y yo me quedé de piedra, me enfadé y me fui corriendo al zoológico, y me senté un rato a mirar a los pingüinos, y me esforzaba por creerlo pero no podía porque en séptimo nos habían encargado hacer informes sobre todos los países de Europa, pero yo no incluí el detalle de que mi padre era el príncipe de uno porque no lo sabía. Y lo único en que podía pensar era en que iba a morirme si se enteraban en la escuela porque no quería acabar siendo un bicho raro, como mi amiga Tina, que tiene que ir a todas partes con un guardaespaldas. Pero eso es exactamente lo que ha ocurrido. Soy un bicho raro, un bicho raro sin remedio.

[Esta es la parte en la que ella intenta salvar la situación:]

B. B.: Oh, Mia, no puedo creerlo. Estoy segura de que eres muy popular.

M. R.: No, no lo soy. No soy popular en absoluto. Solo los deportistas cachas son populares en mi escuela. Y las animadoras. Yo no soy popular. Me refiero a que nunca salgo con la gente popular. A mí nunca me invitan a las fiestas ni nada. O sea, a las fiestas de verdad, en las que hay cerveza, la gente se enrolla y eso. Es que yo no soy deportista, ni animadora, ni estoy entre los alumnos inteligentes...

B. B.: ¿De veras no eres una alumna inteligente? Tenía entendido que una de las clases a las que asistes se llama Genios y Talentos.

M. R.: Sí, pero verá, la clase de G y T es como un espacio de estudio. En realidad no hacemos nada en esa clase, aparte de holgazanear porque la profesora nunca está, siempre se queda en la sala de profesores, al otro lado del pasillo, y no tiene ni idea de lo que hacemos en clase, que es holgazanear.

[Obviamente, todavía cree que puede hacer algo para salvar la entrevista:]

B. B.: Pero imagino que no te sobra demasiado tiempo para holgazanear, ¿no es así, Mia? Por ejemplo, ahora estamos aquí, en la suite presidencial que pertenece a tu abuela, la célebre antigua princesa de Genovia, que, según tengo entendido, te está instruyendo en el decoro real.

M. R.: Oh, sí. Me está impartiendo lecciones de princesa después de clase. Bueno, después de las sesiones de repaso de álgebra, que son después de clase.

B. B.: Mia, ¿no has recibido ninguna noticia emocionante últimamente?

M. R.: Oh, sí. Bueno, la verdad es que estoy bastante emocionada. Siempre he querido tener un her-

mano pequeño, pero ellos prefieren no darle demasiado bombo, ya sabe. Será una ceremonia muy sencilla en el ayuntamiento...

Hay más. En realidad, mucho más, pero es demasiado doloro-
so seguir leyendo. Básicamente me dediqué a parlotear como
una idiota durante diez minutos más, mientras Beverly Bellerieve intentaba por todos los medios reconducir mis respuestas
hacia algo parecido a la pregunta que en realidad me había formulado.

Sin embargo, eso trascendía incluso a sus impresionantes ha-
bilidades periodísticas. Me había perdido. La suma de los nervios y, temo decirlo, el jarabe con codeína para la tos me habían
puesto al borde de la histeria.

Aun así, la señorita Bellerieve siguió intentándolo. Tengo
que reconocerle el mérito. La entrevista acaba de este modo:

Ext. Thompson Street, Soho

B. B.: No es deportista, ni animadora. Lo que Amelia Mignonette Grimaldi Thermopolis Renaldo es,
damas y caballeros, desafía a los estereotipos sociales que existen en las instituciones educativas
actuales. Es una princesa. Una princesa americana.

No obstante, debe afrontar los mismos problemas
y las mismas presiones a los que cada día se en-
frentan los adolescentes de este país…, pero con
una salvedad: algún día ella gobernará una nación.

Y la próxima primavera, también será hermana mayor. Sí. *TwentyFour/Seven* ha sabido que Helen Thermopolis y el profesor de álgebra de Mia, Frank Gianini, sin estar casados, esperan su primer hijo para

mayo. A la vuelta de la publicidad, una entrevista en exclusiva con el padre de Mia, el príncipe de Genovia. En *TwentyFour/Seven*.

Todo esto se reduce, en esencia, a que voy a tener que irme a vivir a Genovia.

Mi madre, que, hacia el final de la entrevista, finalmente ha salido del servicio y el señor G. han intentado convencerme de que eso no es tan malo.

Pero sí lo es. Oh, ¡ya lo creo que lo es!

Y he sabido que es eso lo que me espera en el instante en que el teléfono ha empezado a sonar, justo después de acabar esa sección del programa.

«¡Oh, Dios mío! –ha exclamado mamá, recordando algo de repente–. ¡No contestes! ¡Es mi madre! ¡Frank, olvidé contarle lo nuestro!»

En realidad, en cierto modo confiaba en que fuera la abuela Thermopolis. La abuela Thermopolis era infinitamente preferible, en mi opinión, a quien finalmente ha resultado ser: Lilly.

Y no imaginas lo furiosa que estaba.

«¿Qué pretendes llamándonos a todas "puñado de bichos raros"?», ha gritado al auricular.

Le he contestado: «Lilly, ¿de qué estás hablando? Yo no te he llamado "bicho raro"».

«¡Básicamente has informado a toda la nación de que la población del Instituto Albert Einstein está dividida en varias pandillas socioeconómicas, y que ni tú ni tus amigas somos suficientemente "geniales" o "enrolladas" para pertenecer a ninguna de ellas!»

«Bueno –le he dicho–. Es que es verdad.»

«¡Habla por ti y no por las demás! Y lo de G y T ¿qué?»

«¿Qué pasa con lo de G y T?»

«¡Le has contado a todo el país que nos pasamos la clase holgazaneando porque la señora Hill está siempre en la sala de profesores! ¿Eres tonta o qué te pasa? ¡Es muy probable que la hayas puesto en un buen aprieto!»

He sentido que algo se contraía en mi interior, como si alguien me estuviera estrujando los intestinos con mucha fuerza.

«¡Oh, no! –he jadeado–. ¿De verdad lo crees?»

Lilly ha soltado un grito de frustración y luego ha rezongado: «Mis padres dicen que le desees buena suerte a tu madre de su parte».

Y ha colgado sin más.

Me sentía peor que nunca. ¡Pobre señora Hill!

Entonces ha vuelto a sonar el teléfono. Era Shameeka.

«Mia –me ha dicho–. ¿Te acuerdas de que te había invitado a mi fiesta de Halloween este viernes?»

«Sí», le he respondido.

«Bueno, resulta que mi padre no me deja celebrarla.»

«¿*Qué?* ¿Por qué?»

«Porque gracias a ti ahora tiene la impresión de que el Instituto Albert Einstein está lleno de pervertidos sexuales y alcohólicos.»

«¡Pero yo no he dicho eso!» Al menos, no con esas palabras.

«Bueno, eso es lo que él ha oído. Ahora mismo está en la habitación de al lado, buscando en Internet una escuela solo de chicas en New Hampshire a la que enviarme el próximo semestre. Y dice que no piensa dejarme salir con ningún chico hasta que cumpla los treinta.»

«Oh, Shameeka –le he respondido–. Lo siento mucho.»

Shameeka no ha dicho nada más. De hecho, ha tenido que colgar porque los sollozos le impedían hablar.

El teléfono ha vuelto a sonar. No quería contestar, pero no tenía alternativa: el señor Gianini le estaba sosteniendo el cabello a mamá en la nuca mientras ella volvía a vomitar.

«¿Sí?»

Era Tina Hakim Baba.

«¡Oh, Dios mío!», ha gritado.

«Lo siento, Tina», le he dicho, suponiendo que era preferible que empezara disculpándome en el acto con todo aquel que llamara por teléfono.

«¿Lo sientes? ¿Qué es lo que sientes? –Por la dificultad con la que respiraba, daba la impresión de que casi tenía taquicardia–. ¡Has dicho mi nombre en la televisión!»

«Hum… Ya lo sé.» A ella también la había llamado «bicho raro».

«¡No puedo creerlo! –ha chillado Tina–. ¡Ha sido genial!»

«¿No estás…, no estás furiosa conmigo?»

«¿Por qué debería estar furiosa contigo? Esto es lo más emocionante que me ha ocurrido jamás. ¡Nunca nadie había pronunciado mi nombre en la televisión!»

Rebosaba cariño y agradecimiento hacia Tina Hakim Baba.

«Esto… –he empezado a preguntarle, con cautela–. ¿Lo han visto tus padres?»

«¡Sí! Ellos también están muy emocionados. Mi madre dice que la sombra de ojos azul ha sido un detalle magistral. No demasiada, la justa para atrapar la luz. Se ha quedado muy impresionada. También me ha dicho que le digas a tu madre que tiene una crema antiestrías fantástica que compró en Suecia. Ya sabes, para cuando le empiece a crecer el vientre. Te la llevaré a la escuela mañana y ya se la darás tú.»

«¿Y tu padre? –le he preguntado, con sumo cuidado–. ¿No está pensando en enviarte a una escuela solo para chicas ni nada por el estilo?»

«¿Qué dices? Está encantado de que mencionaras a mi guardaespaldas. Ahora cree que todo el que tuviera intención de raptarme lo pensará dos veces. Oh, oh. Tengo otra llamada.

126

Seguramente será mi abuela desde Dubai. Tienen antena parabólica. ¡Estoy segura de que te ha oído hablar de mí! ¡Adiós!»

Tina ha colgado. Genial. Hasta la población de Dubai ha visto mi entrevista. Ni siquiera sé dónde está Dubai.

El teléfono ha vuelto a sonar. Era Grandmère.

«Bien —ha dicho—. Ha sido terrible, ¿no crees?»

Le he contestado: «¿Existe algún modo de solicitar una retractación? Porque no quería decir que mi profesora de Genios y Talentos no hiciera nada ni que la escuela estuviera llena de pervertidos sexuales. Ya sabes que no es así».

«No logro imaginar en qué estaría pensando esa mujer —ha dicho Grandmère. Me he alegrado de que por una vez se ponga de mi lado. Entonces ha continuado hablando y me he dado cuenta de que no se refería a nada que tuviera que ver conmigo—. ¡No se le ha ocurrido incluir ni una sola imagen del palacio! Y en otoño es cuando está más bonito. Las palmeras tienen un aspecto magnífico. Esto es una farsa, puedes estar segura. Una farsa. ¿Te das cuenta de las oportunidades de promoción que se han desperdiciado con esto? ¿Desperdiciado por completo?»

«Grandmère, tienes que hacer algo —le he gimoteado—. No sé si voy a ser capaz de asomar por la escuela mañana sin que se me caiga la cara de vergüenza.»

«El turismo ha descendido en Genovia —me ha recordado Grandmère— desde que prohibimos que los cruceros atracaran en la bahía. Pero ¿quién necesita excursionistas? Siempre pegados a una cámara y con esas horrendas bermudas... ¡Si al menos esa mujer hubiera mostrado algunas imágenes de los casinos! ¡Y las playas! ¡Pero si somos los únicos que tenemos playas de arena blanca natural en toda la Riviera! ¿Estabas al tanto de eso, Amelia? Mónaco tiene que importar la arena.»

«Quizá podría cambiar de escuela. ¿Crees que habrá una escuela en Manhattan que acepte a alguien que saque un cero en álgebra?»

«Espera… –La voz de Grandmère se había amortiguado–. Oh, no, aquí está de nuevo. Ya ha empezado y están mostrando varias escenas del palacio sencillamente preciosas. Oh, y ahí está la playa. Y la bahía. Oh, y los olivares. Precioso. Sencillamente precioso. Después de todo, esa mujer debe de tener alguna que otra cualidad que compensa lo demás. Supongo que no tendré más remedio que darle permiso a tu padre para que siga viéndose con ella.»

Y ha colgado. Mi propia abuela me ha colgado el teléfono. Pero ¿es que no soy más que un despojo?

He ido al cuarto de baño de mamá. La he encontrado sentada en el suelo, con un aspecto abatido. El señor Gianini estaba sentado en el borde de la bañera, con aire confuso.

Bueno, ¿qué culpa tiene él? Hace un par de meses, él solo era un profesor de álgebra. Ahora es el padre del futuro hermanito o hermanita de la princesa de Genovia.

«Tengo que encontrar otra escuela en la que estudiar a partir de ahora –les he informado–. ¿Cree que podría ayudarme a buscarla, señor G.? Quiero decir que… ¿tiene algún tipo de influencia en la asociación de profesores o algo así?»

Mi madre ha intervenido: «Oh, Mia. Tampoco ha salido tan mal».

«Sí, ha salido fatal –le he replicado–. Ni siquiera has visto la mayor parte de la entrevista. Estabas aquí, vomitando.»

«Sí –ha reconocido mi madre–, pero la he oído. ¿Y has dicho algo que no sea verdad? Las personas que destacan en el deporte tradicionalmente han sido tratadas como dioses en nuestra sociedad, mientras que las personas que destacan en lo intelectual han sido dejadas de lado de forma sistemática o, aún peor, ridiculizadas y tachadas de estúpidas y grotescas. Francamente, creo que los científicos que trabajan en la investigación y la búsqueda de remedios para el cáncer deberían recibir el salario que se les paga a los atletas profesionales. ¡Por el amor de Dios! Los atletas profesionales no se dedican a salvar vidas. Sólo entretienen. Igual que los actores. Y que no me digan que la interpretación es un arte. La docencia. Eso sí que es un arte. Frank debería estar cobrando lo mismo que Tom Cruise por enseñarte a multiplicar fracciones como lo ha hecho.»

He pensado que mi madre quizá estaba sufriendo delirios a causa de las náuseas. Le he dicho: «Bueno, creo que me voy a la cama».

En lugar de replicar, mi madre se ha inclinado sobre el inodoro y ha vuelto a vomitar. He podido comprobar que, pese a todas mis advertencias sobre los efectos potencialmente letales del marisco sobre el feto, había encargado gambas gigantes con salsa de ajo en el Number One Noodle Son.

He ido a mi habitación y me he conectado. «A lo mejor –he pensado– podría matricularme en la misma escuela a la que el padre de Shameeka va a enviarla. Al menos allí tendría una amiga…, si es que Shameeka vuelve a hablarme después de lo que he hecho, cosa que dudo. Nadie en el Instituto Albert Einstein, con la excepción de Tina Hakim Baba, que no se ha enterado de nada, va a volver a hablarme.»

Entonces en el monitor del ordenador ha aparecido un mensaje. Alguien quería contactar conmigo.

¿Quién sería? ¿¿¿Jo-C-rox??? ¿¿¿¿¿¿Sería Jo-C-rox??????

No. ¡Mejor que eso! Era Michael. Al menos Michael todavía quería hablar conmigo.

He impreso nuestra conversación y la he pegado aquí:

CRACKING: ¡HOLA! ACABO DE VERTE EN LA TELEVISIÓN. HAS ESTADO MUY BIEN.

FTLOUIE: PERO ¿QUÉ DICES? EN MI VIDA HE HECHO TANTO EL RIDÍCULO. ¿Y LA SEÑORA HILL? AHORA ES PROBABLE QUE LA DESPIDAN.

CRACKING: BUENO, AL MENOS HAS DICHO LA VERDAD.

FTLOUIE: ¡PERO TODO EL MUNDO ESTÁ ENFADADO CONMIGO! ¡LILLY ESTÁ FURIOSA!

CRACKING: SOLO ESTÁ CELOSA PORQUE EN UN SEGMENTO DE UN CUARTO DE HORA TE HA VISTO MÁS GENTE QUE A ELLA EN TODOS SUS PROGRAMAS.

FTLOUIE: NO, NO ES POR ESO. ELLA CREE QUE HE TRAICIONADO A NUESTRA GENERACIÓN O ALGO ASÍ AL REVELAR QUE EN EL INSTITUTO ALBERT EINSTEIN HAY PANDILLAS.

CRACKING: BUENO, POR ESO Y POR AFIRMAR QUE NO PERTENECES A NINGUNA.

FTLOUIE: ES QUE ES VERDAD.

CRACKING: NO, NO LO ES. A LILLY LE GUSTA CREER QUE PERTENECES A LA EXCLUSIVA Y EXTREMADAMENTE SELECTIVA PANDILLA DE LILLY MOSCOVITZ. PERO HAS OLVIDADO MENCIONARLA Y ESO ES LO QUE LE HA MOLESTADO.

FTLOUIE: ¿DE VERDAD? ¿LO HA DICHO ELLA?

CRACKING: NO LO HA DICHO, PERO ES MI HERMA-
NA Y SÉ CÓMO PIENSA.

FTLOUIE: QUIZÁ. NO LO SÉ, MICHAEL.

CRACKING: EN FIN. ¿ESTÁS BIEN? HOY EN LA ES-
CUELA HAS ESTADO UN POCO DISPERSA..., AUN-
QUE AHORA ESTÁ CLARO POR QUÉ. ESTÁ MUY
BIEN LO DE TU MADRE Y EL SEÑOR GIANINI. DE-
BES DE ESTAR EMOCIONADA.

FTLOUIE: SUPONGO. ES QUE..., ME RESULTA UN
POCO INCÓMODO, PERO AL MENOS ESTA VEZ MAMÁ
VA A CASARSE, COMO UNA PERSONA NORMAL.

CRACKING: AHORA YA NO NECESITARÁS QUE TE
AYUDE CON LOS DEBERES DE ÁLGEBRA. TEN-
DRÁS UN TUTOR PARTICULAR EN TU PROPIA CASA.

No había pensado en eso. ¡Qué horror! No quiero tener un tutor particular. ¡Quiero que Michael siga ayudándome en clase
de G y T! El señor Gianini está bien y eso, pero sin duda *no es
Michael.*

Me he apresurado a contestarle:

FTLOUIE: BUENO, NO LO SÉ. ÉL VA A ESTAR MUY
OCUPADO DURANTE ALGÚN TIEMPO, PRIMERO CON
EL TRASLADO Y LUEGO CON EL BEBÉ Y ESO...

CRACKING: ¡DIOS! ¡UN BEBÉ! NO PUEDO CREER-
LO. NO ME EXTRAÑA QUE HOY ESTUVIERAS DE
TAN MAL HUMOR.

FtLouie: Sí, lo estaba. De mal humor, me refiero.

CracKing: ¿Y qué te parece lo que ha pasado con Lana esta tarde? Seguro que no te ha ayudado precisamente, aunque ha sido bastante gracioso que creyera que estamos saliendo juntos, ¿no?

En realidad, yo no le veo la gracia por ningún lado, pero ¿qué podía decir al respecto? ¿Algo así como: «Eh, Michael, ¿por qué no lo probamos?»?

Ojalá.

Sin embargo, le he contestado:

FtLouie: Sí, no tiene remedio. Supongo que nunca se le ha pasado por la cabeza que dos personas de sexos opuestos pueden ser amigos sin ninguna implicación romántica.

Aunque tengo que admitir que lo que siento por Michael —sobre todo cuando estoy en casa de Lilly y él sale de su habitación sin camisa— es bastante romántico.

CracKing: Sí. Oye, ¿qué vas a hacer el viernes por la noche?

¿Estaba pidiéndome que saliera con él? ¿¿¿Estaba Michael Moscovitz pidiéndome que SALIERA CON ÉL???

No. No era posible. No después del tremendo ridículo que había hecho en el canal nacional de televisión.

Sin embargo, y solo por si acaso, he decidido tantearlo con una respuesta neutra, no fuera a darse el caso de que quisiera saber si podía sacar a pasear a *Pavlov* porque los Moscovitz van a estar fuera de la ciudad o algo así.

FtLouie: No lo sé. ¿Por qué?

CracKing: Porque es Halloween, ya sabes. He pensado que podríamos reunirnos unos cuantos e ir a ver *The Rocky Horror Picture Show* al Village Cinema...

Vale. No era una cita.

¡Pero estaríamos sentados, uno al lado del otro, en una sala oscura! Algo es algo. Y *Rocky Horror* es más bien de miedo, así que si me acercaba a él y lo agarraba del brazo, por ejemplo, sería hasta comprensible.

FtLouie: Sí, claro, eso suena...

Entonces me he acordado. El viernes por la noche es Halloween. Cierto. ¡Pero también es la noche en que se celebra la boda real de mamá! Bueno, si Grandmère se sale con la suya.

FtLouie: ¿Puedo confirmártelo en otro momento? Es probable que esa noche tenga un compromiso familiar.

CracKing: Claro. Ya me dirás algo. Bueno, nos vemos mañana.

FtLouie: Sí. Estoy impaciente.

CRACKING: No te preocupes. Solo has dicho
la verdad y eso no puede acarrearte ningún problema.

¡Ja! Eso es lo que él cree. Ya sabes, por algo me paso la vida
mintiendo.

LAS CINCO MEJORES COSAS DE ESTAR ENAMORADA DEL HERMANO DE TU MEJOR AMIGA

1. Poder verlo en su entorno natural, no solo en la escuela, lo cual permite acceder a información vital, como diferenciar entre su personalidad en la escuela y su auténtica personalidad.
2. Poder verlo sin camisa.
3. Poder verlo a todas horas.
4. Poder ver cómo trata a su madre/hermana/asistenta (claves esenciales para saber cómo tratará a una futura novia).
5. Muy oportuno: poder salir con tu amiga y espiar al mismo tiempo al objeto de tu amor.

LAS CINCO PEORES COSAS DE ESTAR ENAMORADA DEL HERMANO DE TU MEJOR AMIGA

1. No poder decírselo a ella.
2. No poder decírselo a él, porque él podría decírselo a ella.
3. No poder decírselo a nadie, porque podrían decírselo a él o, peor aún, a ella.
4. Él nunca admitirá sus verdaderos sentimientos porque eres la mejor amiga de su hermana pequeña.
5. Estar buscando continuamente su presencia, a sabiendas de que él siempre te verá como la mejor amiga de su hermana pequeña, por el resto de tus días; sin embargo, tú seguirás suspirando por él hasta que cada fibra de tu ser llore y grite por él y creerás que probablemente vas a morirte aunque tu profesora de biología afirme que es fisiológicamente imposible morirse por tener el corazón roto.

Martes, 28 de octubre, despacho de la directora Gupta

¡Oh, Dios mío! ¡Esta mañana, en cuanto he puesto un pie en la sala de alumnos, me han llamado al despacho de la directora!

Confiaba en que solo quisiera asegurarse de que ya no llevo jarabe de contrabando para la tos, pero es más probable que me haya llamado por lo que dije anoche en la televisión; en particular, imagino, por la parte sobre el sistema de escisiones y pandillas que prima en la escuela.

Mientras tanto, el resto de alumnos que nunca han sido invitados a ninguna fiesta organizada por un chico o una chica popular se han congregado a mi alrededor. Era como si hubiera roto una lanza en favor de todos los pazguatos del mundo o algo así. En cuanto he entrado en la escuela, los fanáticos del *hip-hop*, los raritos del teatro, ¡todos!, gritaban: «¡Eh! ¡Colega! ¡Así se habla!».

Nadie me había llamado nunca «colega». La verdad, es algo alentador.

Solo las animadoras me han tratado igual que siempre: voy por el pasillo y me miran de arriba abajo con desdén, y entonces cuchichean y se ríen.

Bueno, supongo que es divertido tener a una especie de «marimacho» de 1,79 m y plana vagando por los pasillos. Me sorprende que nadie me haya arrojado una red por encima y me haya arrastrado hasta el museo de historia natural.

De mis amigas, solo Lilly —y Shameeka, por supuesto— no está completamente conmocionada con mi actuación de anoche. Lilly sigue molesta por haberme ido de la lengua en relación con la división socioeconómica de la población de nuestra escuela, aunque por suerte no tanto como para negarse a que esta mañana la acompañáramos a la escuela con la limusina.

Curiosamente, el hecho de que Lilly me tratara con tanta frialdad solo ha servido para que su hermano y yo estemos más cerca. Esta mañana en la limusina, de camino a la escuela, Michael se ha ofrecido a revisar mis deberes de álgebra para comprobar que las ecuaciones estuvieran bien.

Me ha conmovido su ofrecimiento y la cálida sensación que me ha arrobado cuando me ha dicho que todos los problemas estaban bien no tenía nada que ver con el orgullo sino *todo que ver* con el modo en que sus dedos han acariciado los míos al devolverme la hoja. ¿Podría ser él Jo-C-rox? *¿Podría ser él?*

Oh, oh. La directora Gupta está lista para recibirme.

Martes, 28 de octubre, clase de álgebra

La directora Gupta está preocupada de veras por mi salud mental.

«Mia, ¿de verdad estás tan a disgusto en el Albert Einstein?»

No quería herir sus sentimientos ni nada, así que le he contestado que no. Bueno, la verdad es que probablemente lo de menos sea el instituto en el que me pongan. Siempre seré un bicho raro de 1,79 m y plana, vaya donde vaya.

Entonces la directora Gupta ha dicho algo sorprendente: «Solo te lo pregunto porque anoche, en la entrevista, dijiste que no eres popular».

No estaba del todo segura de la intención de sus palabras, así que me he limitado a responder: «Bueno, es que no lo soy», y me he encogido de hombros.

«Eso no es verdad –ha dicho la directora Gupta–. Todo el mundo en la escuela sabe quién eres.»

Seguía sin querer hacer que se sintiera mal, como si ella tuviera la culpa de que yo sea una mutación biológica, así que le he explicado con mucha ternura: «Sí, pero solo porque soy una princesa. Antes de eso, era casi invisible».

La directora Gupta ha replicado: «Sencillamente, no es verdad».

Pero yo solo podía pensar: «¿Cómo va a saberlo usted? Usted no está ahí fuera. Usted no sabe lo que pasa».

Y entonces me he sentido todavía peor por ella, porque es evidente que vive en el mundo fantástico de la dirección.

«A lo mejor –ha dicho la directora Gupta–, si participaras en más actividades extraescolares, te sentirías más y mejor integrada.»

Esto ha hecho que se me desencajara la mandíbula.

«Directora Gupta –no he podido evitar exclamar–. Estoy sudando tinta para aprobar álgebra. Dedico todo mi tiempo libre a las sesiones de repaso para intentar rascar un aprobado.»

«Sí –ha respondido la directora Gupta–. Estoy al corriente de eso...»

«Además, después de las sesiones de repaso tengo que asistir a lecciones de princesa con mi abuela, para que cuando en diciembre vaya a Genovia y me presenten oficialmente al pueblo que algún día tendré que gobernar, no haga el ridículo como una idiota, que es justo lo que hice ayer en la televisión.»

«Me parece que la palabra *idiota* es un poco fuerte.»

«De veras, no tengo tiempo –he proseguido, sintiendo más pena que nunca por ella– para actividades extraescolares.»

«El comité del anuario solo se reúne una vez por semana –me ha explicado la directora Gupta–. O quizá podrías incorporarte al equipo de atletismo. No empezarán a entrenar hasta la primavera, y por entonces, con un poco de suerte, ya no tendrás que asistir a las lecciones de princesa.»

Lo único que he podido hacer ha sido mirarla y parpadear, de tan sorprendida como me he quedado. ¿Yo? ¿Atletismo? ¡Pero si apenas puedo caminar sin tropezar con mis gigantescos pies! A saber qué pasaría si intentara correr...

¿Y el comité del anuario? ¿Acaso tengo yo pinta de querer recordar una sola experiencia de mi paso por el instituto?

«Bien –ha dicho la directora Gupta, supongo que deduciendo de mi expresión facial que ninguna de sus sugerencias me había entusiasmado–. Solo era una idea. Creo que serías más feliz aquí, en el Albert Einstein, si te incorporaras a alguna asociación. Tengo presente, por supuesto, tu amistad con Lilly Moscovitz y en ocasiones me pregunto si ella podría..., bueno, ser una influencia negativa para ti. Ese programa suyo de televisión es bastante acre.»

Me ha impactado oír eso. ¡La pobre directora Gupta vive más engañada de lo que creía!

«Oh, no —le he dicho—. En realidad, el programa de Lilly es muy positivo. ¿No vio el episodio dedicado a la lucha contra el racismo de los delis coreanos? ¿O aquel otro sobre los prejuicios de las tiendas de ropa joven contra las chicas que utilizan tallas grandes, ya que no tienen suficientes prendas de la talla 40, que es la talla promedio de la mujer en este país? ¿O aquel otro en el que intentamos entregar en mano un paquete de galletas en el apartamento de Freddie Prinz Jr. porque últimamente parecía estar más delgado?»

La directora Gupta ha alzado una mano. «Ya veo que todo esto te entusiasma —ha dicho—. Y debo admitir que me complace. Mia, es bueno saber que te entusiasma algo aparte de tu antipatía por los atletas y las animadoras.»

Entonces me he sentido peor que nunca y le he contestado: «No siento antipatía por ellos. Solo digo que a veces…, bueno, a veces son ellos quienes dirigen esta escuela, directora Gupta».

«Bien —ha replicado la directora Gupta—, pues puedo asegurarte que no es así.»

Pobre directora Gupta. Pobre mujer.

Aun así, he creído oportuno y necesario inmiscuirme en el mundo fantástico en el que es tan evidente que vive; solo un poco…

«Hum —he empezado a decirle—. Directora Gupta. En cuanto a la señora Hill…»

«¿Qué le ocurre?», ha preguntado la directora Gupta.

«No quería decir que siempre esté en la sala de profesores durante la clase de Genios y Talentos. Fue una exageración.»

La directora Gupta ha esbozado una sonrisa frágil.

«No te preocupes, Mia —ha contestado—. Ya nos hemos encargado de la señora Hill.»

¡Encargado! ¿Qué significa eso?

Creo que me da pánico averiguarlo.

Bueno, no han despedido a la señora Hill.

En lugar de eso, supongo que la han amonestado o algo así. El resultado de todo esto es que la señora Hill ni se mueve ni va a volver a moverse de su mesa en la hora de G y T.

Lo que significa que tenemos que sentarnos en el pupitre y dedicarnos a trabajar en serio. Y no podemos encerrar a Boris en el armario del material. Tenemos que sentarnos aquí y oír-lo tocar.

Tocar a *Bartak*.

Y no podemos hablar con nadie, porque se supone que estamos trabajando en proyectos individuales.

Uf, todo el mundo está que trina conmigo.

Pero nadie tanto como Lilly.

Resulta que Lilly ha estado escribiendo en secreto un libro sobre las divisiones socioeconómicas que existen entre las paredes del Instituto Albert Einstein. ¡En serio! No quería decírmelo, pero finalmente a Boris se le ha escapado hoy durante el almuerzo. Lilly le ha arrojado una patata frita y le ha manchado de ketchup el jersey.

No puedo creer que Lilly le haya explicado a Boris cosas que no me ha explicado a mí. ¡Se supone que soy su mejor amiga! Boris solo es su novio. ¿Por qué le explica cosas geniales, como que está escribiendo un libro, y no me las explica a mí?

«¿Puedo leerlo?», le he suplicado.

«No.» Lilly estaba realmente furiosa. Ni siquiera miraba a Boris. Él ya la había perdonado por lo del ketchup, aunque es probable que tenga que llevar el jersey a la tintorería.

«¿Puedo leer solo una página?», le he preguntado.

«No.»

«¿Solo una frase?»

«No.»

Michael tampoco sabía lo del libro. Justo antes de que llegara la señora Hill me ha dicho que le ha ofrecido publicarlo en su revista digital, *Crackhead*, pero Lilly le ha contestado en un tono de voz irritante que lo estaba reservando para un «auténtico» editor.

«¿Salgo yo? —me he interesado—. En tu libro. ¿Salgo yo?»

Lilly me ha respondido que si la gente no deja de darle la tabarra con eso, va a tirarse desde lo alto del depósito de agua del instituto. Es una exageración, por supuesto. Ni siquiera es posible ya subirse al depósito de agua, desde que hace unos años los veteranos cometieron la travesura de verter un puñado de renacuajos en él.

No puedo creer que Lilly haya estado escribiendo un libro y no me lo haya dicho. Bueno, sabía que iba a escribir un libro sobre la experiencia adolescente en los Estados Unidos post-Guerra Fría, pero no imaginaba que tuviera intención de comenzarlo antes de graduarnos. En mi opinión, este libro no puede ser muy ecuánime porque he oído que las cosas mejoran considerablemente hacia el segundo año de carrera.

Aun así, supongo que tiene lógica que le expliques a alguien cuya lengua ha estado en la tuya cosas que no le explicarías necesariamente a tu mejor amiga. Pero me saca de mis casillas que Boris sepa cosas de Lilly que yo no sé. Yo se lo cuento todo a Lilly.

Bueno, excepto los sentimientos que me despierta su hermano.

Oh, y también lo de mi admirador secreto.

Y lo de mi madre y el señor Gianini.

Pero prácticamente le cuento todo lo demás.

NO OLVIDES:

1. Dejar de pensar en M. M.
2. ¡Diario para la asignatura de lengua! ¡Momento profundo!
3. Comida para gatos.
4. Bastoncillos para los oídos.
5. Pasta de dientes.
6. ¡PAPEL HIGIÉNICO!

Martes, 28 de octubre, clase de biología

Hoy estoy ganando amigos e influencia social allá adonde vaya: Kenny acaba de preguntarme qué voy a hacer en Halloween. Le he contestado que seguramente tendré que asistir a una reunión familiar y él me ha dicho que, si puedo escaparme, él y varios amigos del Club de Informática van a ir a ver *Rocky Horror* y que podría apuntarme.

Le he preguntado si uno de sus amigos es Michael Moscovitz, puesto que Michael es el tesorero del Club de Informática, y ha respondido que sí.

Por un momento he pensado en preguntarle a Kenny si alguna vez ha oído decir a Michael que le gusto o que no le gusto, de una forma especial, ya sabes, pero luego he decidido no hacerlo.

Porque de ese modo Kenny podría pensar que me gusta. Michael, quiero decir. ¿Y cómo quedaría yo de patética entonces?

Oda a M.

Oh, M.
¿Por qué no podrás ver
que el destino nos unió,
que $x = tú$
e $y = yo$*?*

¿Y que
tú + yo
= felicidad suprema,
y que uni2
viviríamos una dicha eterna?

144

¡Con la resaca de la entrevista en *TwentyFour/Seven* había olvidado por completo a Grandmère y a Vigo, el organizador de eventos de Genovia!

En serio. Juro que no me acordaba en absoluto de Vigo ni de las puntas de espárrago hasta que esta tarde he entrado en la suite de Grandmère para asistir a la lección de princesa y me he encontrado a una infinidad de gente correteando de un lado a otro, y haciendo cosas como ladrar al teléfono: «No, son cuatro *mil* rosas rosa de tallo largo, no cuatro*cientas*», y escribir a mano tarjetas con el nombre de los invitados para las mesas.

He encontrado a Grandmère sentada en medio de todo este trajín, catando trufas con *Rommel* —hoy ataviado con una elegante capa de pelo de chinchilla, teñida de malva— en el regazo.

Y no bromeo: trufas.

«No —ha dicho Grandmère, devolviendo un jugoso bombón de chocolate a medio comer a la caja que Vigo sostenía para ella—. Estos no. Las cerezas son tan vulgares…»

«Grandmère. —No daba crédito. He empezado a sentir como taquicardias y me costaba respirar, igual que Grandmère cuando descubrió que mi madre estaba embarazada—. ¿Qué estás haciendo? ¿Quiénes son todas estas personas?»

«Ah, Mia —ha dicho Grandmère, al parecer alegrándose de verme; pese a que, a juzgar por los restos que había en la caja que Vigo sostenía, había estado comiendo un montón de «cosas» cubiertas de chocolate y caramelo, en sus dientes no quedaba ni resto de ellas. Este es otro de los muchos trucos reales que a Grandmère le quedan por enseñarme—. Magnífico. Siéntate y

145

ayúdame a decidir cuál de estas trufas pondremos en la cajita de recuerdo que se les regalará a los invitados a la boda.»

«¿Invitados a la boda? —Me he derrumbado en la silla que Vigo me había acercado y he dejado caer la mochila al suelo—. Grandmère, ya te lo he dicho: mi madre jamás estaría dispuesta a pasar por esto. No quiere algo así.»

Grandmère ha sacudido la cabeza y ha replicado: «Las mujeres embarazadas no son precisamente las criaturas más racionales».

Le he señalado, basándome en la investigación que he llevado a cabo sobre la materia, que mientras que es verdad que los desequilibrios hormonales suelen causar molestias a las mujeres embarazadas, no veía razón para suponer que esos desequilibrios pudieran invalidar de modo alguno la opinión de mi madre al respecto —sobre todo porque estoy segura de que sería exactamente la misma si no estuviera embarazada—. Mi madre no es el tipo de mujer que gusta de bodas reales. De hecho, se reúne con sus amigas una noche al mes para jugar al «póquer-margarita».

«Ella —ha puntualizado Vigo— es la madre de la futura princesa regente de Genovia, Alteza. Como tal, es de vital importancia que le sean brindados cuantos privilegios y cortesía esté en disposición de ofrecerle palacio.»

«Entonces, ¿qué tal si se le ofrece el privilegio de planificar su boda como quiera?», le he dicho.

Grandmère ha llorado de risa con mi respuesta. Ha estado a punto de atragantarse con el trago de Sidecar que estaba tomando tras cada bocado de trufa para purificarse el paladar.

«Amelia —ha comentado, mientras aún tosía (algo que a *Rommel* le ha parecido extremadamente alarmante, si es que el modo en que ha puesto los ojos en blanco era indicativo de alguna cosa)—. Tu madre nos estará eternamente agradecida por el el trabajo que estamos haciendo por ella. Ya lo verás.»

He visto que no me convenía discutir con ellos. Sabía qué era lo que iba a tener que hacer.

Y lo iba a hacer en cuanto acabara la lección, que hoy consistía en aprender a redactar una nota real de agradecimiento. No imaginas la cantidad de regalos de boda y cosas para bebé que la gente ha empezado a enviar a mi madre, al Hotel Plaza, a nombre de la familia real de Genovia. En serio. Es increíble. El lugar está abarrotado de *woks* eléctricos, sandwicheras, manteles, zapatitos de bebé, gorritas de bebé, ropita de bebé, pañales de bebé, juguetes de bebé, cunas de bebé, cambiadores de bebé, «yo-qué-sé-qué» de bebé. No tenía ni idea de que se necesitaran tantos trastos para cuidar a un bebé, pero estoy bastante segura de que mamá no va a aceptar nada de esto. A ella no le van estas cursiladas.

Me he dado media vuelta, he enfilado hacia la suite de mi padre y he aporreado la puerta.

¡No estaba! Y cuando he bajado a la recepción y le he preguntado a la recepcionista si sabía adónde había ido mi padre, ella ha contestado que no estaba segura.

Sin embargo, de lo que sí estaba casi segura era de que Beverly Bellerieve estaba con papá cuando se ha ido.

Bueno, supongo que me alegro de que papá haya hecho una nueva amiga, pero ¡por favor!, ¿es que no es consciente del inminente desastre que se está gestando delante de sus propias narices reales?

Bueno, ha sucedido. El desastre inminente ya es oficialmente un desastre auténtico.

Porque Grandmère se ha pasado de la raya. Y tampoco he sabido en qué medida lo ha hecho hasta que, al acabar la lección, he vuelto a casa y me he encontrado a esta *familia* sentada a la mesa del comedor.

Así es. Una *familia* al completo. Bueno, una madre, un padre y un chico, pero en fin.

Y no es broma. Al principio he creído que eran turistas que seguramente se habían equivocado de ruta (nuestro barrio es muy turístico); no sé, quizá creían que se dirigían hacia el Washington Square Park y han acabado siguiendo al chico que nos trae a casa la comida china que encargamos por teléfono.

Pero entonces la mujer que llevaba unas mallas deportivas de color rosa —un claro indicativo de que era foránea— me ha mirado y ha exclamado: «¡Oh, Dios mío! ¡No me digas que también llevas el pelo así en la vida real! ¡No puedo creerlo! Estaba segura de que sólo era un apaño para la televisión».

Me he quedado boquiabierta. Luego he barboteado: «*¿Abuela Thermopolis?*».

«¿Abuela Thermopolis? —La mujer me ha mirado de soslayo—. Me parece que todo este asunto de la monarquía se te ha subido a la cabeza. ¿No te acuerdas de mí, cielo? Soy Abuelita.»

¡Abuelita! ¡Mi abuela por parte de madre!

Y allí, sentado a su lado —con apenas la mitad de su estatura y con una gorra de béisbol en la cabeza—, estaba el padre de mi madre, ¡Abuelito! Al muchachote con camisa de franela y mono no lo he reconocido, pero la verdad es que tampoco me importaba demasiado. ¿Qué estaban haciendo en nuestro apartamento del centro del Village los padres de mi madre, que nunca antes habían salido de Versailles, Indiana?

Una rápida consulta con mi madre lo ha desvelado. He dado con ella siguiendo el cordón del teléfono, primero hacia su habitación y luego hacia el interior de su armario, donde la he encontrado agazapada detrás del zapatero (vacío, puesto que todos los zapatos estaban en el suelo), conspirando en secreto con mi padre.

«No me importa cómo lo hagas, Phillipe —susurraba al teléfono—. Vas a decirle a tu señora madre que esta vez ha ido demasiado lejos. ¿Mis padres, Phillipe? *Ya sabes lo que opino de mis padres.* Si no los sacas de aquí, Mia acabará visitándome a través de la ranura en la puerta de mis "aposentos" en el hospital psiquiátrico.»

He oído a mi padre murmurar algo con tono tranquilizador por el auricular. Mamá me ha visto y me ha susurrado: «¿Siguen ahí?».

Le he contestado: «Hum, sí. ¿Quieres decir que no los has invitado tú?».

«¡Pues claro que no! —A mi madre se le han puesto los ojos como platos—. ¡Los ha invitado tu abuela para que asistan a no sé qué boda pijotera que cree que va a organizarnos a mí y a Frank el próximo viernes!»

He tragado saliva para aliviar el sentimiento de culpa. ¡Glups!

Bueno, lo único que puedo decir en mi defensa es que últimamente todo ha sido muy frenético. Me refiero a descubrir que mi madre está embarazada, luego ponerme enferma, lo de Jo-C-rox, después la entrevista...

Ya, vale. No hay excusa que valga. Soy un desastre de hija.

Mi madre me ha tendido el auricular del teléfono. «Quiere hablar contigo», me ha dicho.

He cogido el auricular. «¿Papá? ¿Dónde estás?»

«En el coche —ha respondido—. Escucha, Mia. He reservado dos habitaciones para tus abuelos en un hotel que está cerca de vuestro apartamento: el Soho Grand, ¿vale? Métemelos en la limusina y envíalos allí.»

«Vale, papá —le he contestado—. ¿Y qué pasa con Grandmère y todo el tema de la boda? Me parece que está así como fuera de control.» El eufemismo del año.

«Ya me encargaré yo de Grandmère», ha dicho papá, en un tono que le ha hecho parecerse al capitán Picardi. Ya sabes, el de *Star Trek: la nueva generación*. Me ha dado la impresión de que Beverly Bellerieve iba con él en el coche y de que él intentaba darse un aire principesco en su presencia.

«Vale —le he replicado—, pero...»

No es que no confíe en que mi padre sea capaz de tomar las riendas de la situación ni nada por el estilo. Es que..., bueno, estamos hablando de Grandmère. Y cuando se lo propone, puede llegar a dar mucho miedo. Incluso a su propio hijo, estoy segura.

Supongo que él ha adivinado lo que estaba pensando, puesto que ha añadido: «No te preocupes, Mia. Yo lo solucionaré».

«Vale», le he dicho, sintiéndome mal por haber dudado de él.

«Y Mia...»

Había estado a punto de colgar. «¿Sí, papá?»

«Asegúrale a tu madre que yo no sabía nada de todo esto. *Lo prometo.*»

«Vale, papá.»

Entonces he colgado. «No te preocupes —le he dicho a mamá—. Yo lo solucionaré.»

He echado los hombros atrás y he regresado al comedor. Mis abuelos seguían sentados a la mesa. Sin embargo, su amigo granjero se había levantado y estaba en la cocina, husmeando en la nevera.

«¿Es todo lo que tenéis aquí para comer?», ha preguntado, señalando el cartón de leche de soja y el cuenco de edamame que había en el primer estante.

«Hum... –he musitado–. Bueno, sí. Estamos intentando evitar que en esta nevera entre ningún agente contaminante que pudiera perjudicar al feto.»

Al ver la expresión de desconcierto en la cara del chico, he añadido: «Por lo general encargamos comida a domicilio».

Se le ha iluminado el rostro de inmediato y ha cerrado la puerta de la nevera. «¡Oh! ¿Domino's Pizza? –ha preguntado–. ¡Genial!»

«Esto... –le he contestado–. Bueno, si quieres, puedes pedir una pizza desde la habitación del hotel...»

«¿Habitación del hotel?»

He girado sobre mis talones. De repente tenía a Abuelita pegada a mi espalda.

«Hum, sí... –le he dicho–. Verás, mi padre ha pensado que estaríais más cómodos en un hotel bonito que aquí, en el apartamento...»

«Muy bien. Esto es el colmo –ha exclamado Abuelita–. Tu Abuelito, Hank y yo hacemos un largo viaje para veros, ¿y vosotros nos enviáis a un hotel?»

He mirado al chico del mono con un renovado interés. *¿Hank?* ¿Como mi primo Hank? Porque, la última vez que vi a Hank fue en mi segundo –y afortunadamente último– viaje a Versailles, cuando tenía diez años más o menos. Hank había sido «apeado» en casa de los Thermopolis el año anterior por su madre trotamundos, mi tía Marie, a quien mi madre no soporta, sobre todo porque, como ella dice, vive en una especie de vacío intelectual y espiritual (refiriéndose a que Marie es republicana).

Por aquel entonces, Hank era una cosita esmirriada que no paraba de gimotear y tenía alergia a la leche. No estaba tan flaco como había llegado a estarlo, pero todavía tenía aspecto de sufrir intolerancia a la lactosa, la verdad.

«Cuando nos llamó esa mujer francesa, nadie dijo nada de que iban a meternos en un hotel caro de Nueva York. —Abuelita me había seguido a la cocina y ahora tenía los brazos en jarras y las manos sobre sus generosas caderas—. Esa mujer dijo que lo pagaría todo —ha añadido Abuelita—, todo sin excepción.»

En ese mismo instante he caído en la cuenta de lo que en realidad preocupaba a mi abuela.

«Oh, hum, Abuelita —le he dicho—. Mi padre se hará cargo de la cuenta, por supuesto.»

«Bueno, eso es otra cosa. —Abuelita parecía aliviada—. ¡Vamos, en marcha!»

He pensado que sería mejor que fuera con ellos, solo para asegurarme de que llegaban bien. En cuanto hemos subido a la limusina, a Hank se le ha olvidado el hambre que tenía al ver, fascinado, la cantidad de botones que podía pulsar por todas partes. Se lo ha pasado en grande asomando la cabeza por la escotilla del techo y volviendo a ocultarla. En un momento dado, ha sacado casi todo el cuerpo, ha estirado los brazos a ambos lados y ha gritado: «¡Soy el rey del mundo!».

Por suerte, los cristales de la limusina están tintados y no creo que nadie de la escuela me hubiera reconocido, pero aun así no he podido evitar pasar una vergüenza horrible.

Comprenderás por qué después de registrarlos en el hotel y de que Abuelita me pidiera que mañana lleve a Hank al instituto, he estado a punto de morirme.

«Oh, no creo que te apetezca ir a la escuela conmigo, Hank —me he apresurado a contestar—. Bueno, estás de vacaciones. Podrías hacer algo más divertido. —He intentado pensar en algo que a Hank pudiera parecerle divertido—. Como por ejemplo ir al Harley Davidson Cafe.»

Pero Hank ha replicado: «Puaj, no. Quiero ir a la escuela contigo, Mia. Siempre he querido ver cómo es un instituto auténtico de Nueva York. –Entonces ha bajado el tono de voz para que los abuelos no lo oyeran–. Me han dicho que en Nueva York todas las chicas llevan un *piercing* en el ombligo».

Hank estaba a punto de llevarse un buen chasco si creía que iba a ver ombligos con *piercings* en mi instituto: llevamos uniforme y ni siquiera nos permiten anudarnos las puntas de la camisa para convertirla en un *top*, a lo Britney Spears.

Y no he dado con la manera de librarme de tenerlo como compañía todo el día. Grandmère siempre insiste en que las princesas deben ser condescendientes. Bueno, supongo que esta va a ser la prueba de fuego para mí.

Así que he dicho: «Vale», lo cual no ha sonado precisamente condescendiente, pero ¿qué otra cosa podía decir?

Entonces Abuelita me ha sorprendido agarrándome de un brazo y dándome un abrazo de despedida. No sé por qué me ha sorprendido tanto. Se trata de un gesto muy propio de las abuelas, claro está, pero supongo que teniendo en cuenta que la abuela con la que paso la mayor parte del tiempo es Grandmère, no lo esperaba.

Mientras me abrazaba, mi abuela ha dicho: «¡Pero bueno! ¡Si no eres más que piel y huesos! –Sí, gracias, Abuelita. Es verdad. Tengo deficiencia mamaria, pero ¿tienes que gritarlo en la recepción del Hotel Soho Grand?–. ¿Y cuándo vas a dejar de pegar estos estirones? ¡Pero si eres casi tan alta como Hank!»

Lo cual, por suerte, es verdad.

Entonces Abuelita ha hecho que Abuelito también me diera un abrazo de despedida. Al tacto, Abuelita es suave y tierna. Abuelito es todo lo contrario, muy huesudo. Me resulta asombroso que estas dos personas hayan conseguido que una mujer independiente, librepensante y con una fuerza de voluntad férrea como mi madre se vuelva una deslenguada. Me refiero a que

Grandmère encerraba a mi padre en las mazmorras del castillo cuando era pequeño, y él no siente ni la mitad de resentimiento hacia ella del que mi madre siente hacia sus padres.

Por otra parte, mi padre es tremendamente abnegado y sufre el clásico complejo de Edipo. Al menos según Lilly.

Al volver a casa, mi madre había salido ya del armario, se había acostado y descansaba sepultada bajo los catálogos de Victoria's Secret y J. Crew. Sabía que se sentía un poco mejor. Comprar cosas por catálogo es uno de sus pasatiempos favoritos.

Le he dicho: «Hola, mamá».

Ha asomado por el margen del monográfico dedicado a trajes de baño para la próxima primavera. Tenía la cara hinchada y emborronada. Me he alegrado de que el señor Gianini no estuviera en el apartamento. Podría haber pensado dos veces lo de casarse con ella si la hubiera visto así.

«Oh, Mia —ha exclamado al verme—. Acércate y déjame que te abrace. ¿Ha sido muy horrible? Siento ser tan mala madre.»

Me he sentado en el borde de la cama, a su lado. «No eres una mala madre —le he dicho—. Eres una buena madre. Es solo que no te sientes bien.»

«No —ha contestado mamá. Resollaba, así que enseguida he sabido que el motivo de que tuviera un aspecto tan desaliñado y abatido es que había llorado—. Soy una persona horrenda. Mis padres vienen a verme desde Indiana y yo los envío a un hotel.»

Estaba segura de que mamá estaba sufriendo un desequilibrio hormonal y de que no era ella. Si hubiera sido ella, no habría tenido el menor reparo en enviar a sus padres a un hotel. Nunca les ha perdonado por:

a) no apoyar su decisión de tenerme,

b) no aprobar la manera en que me estaba educando, y

c) votar a George Bush padre, y también hijo.

Con desequilibrios hormonales o sin ellos, lo cierto es que a mi madre no le va nada bien todo este estrés. Este debería ser un momento feliz para ella. Todas las publicaciones que he leído sobre el embarazo afirman que la preparación para el nacimiento del bebé debe ser un tiempo de alegría y celebración.

Y lo sería si Grandmère no lo hubiera estropeado todo metiendo las narices donde no debe.

Hay que pararle los pies.

Y no lo digo solo por lo mucho, muchísimo, que me apetece ir el viernes a ver *Rocky Horror* con Michael.

¡Otro *e-mail* de Jo-C-rox!
Este dice lo siguiente:

> JoCrox: Querida Mia:
> Solo unas palabras para decirte que anoche te vi en la televisión. Estabas muy guapa, como siempre. Sé que algunas personas te lo han hecho pasar mal en la escuela, pero no permitas que te desanimen. La mayoría opinamos que eres genial. *You rock.*
>
> TU AMIGO

¿No te parece precioso? Le he contestado de inmediato:

> FtLouie: Querido amigo:
> Muchísimas gracias. POR FAVOR, dime quién eres. ¡¡¡¡¡¡¡¡¡Prometo que no se lo diré absolutamente a nadie!!!!!!!!!
>
> MIA

Todavía no ha contestado, pero creo que mi sinceridad ha quedado demostrada, teniendo en cuenta todos los signos de admiración que he puesto.

Poco a poco estoy consiguiendo que se canse de mí. Lo sé.

Mi momento más profundo fue…

Extrae el máximo partido de tu persona, pues eso es todo lo que eres.

Ralph Waldo Emerson

Creo que a lo que se refería el señor Emerson es al hecho de que solo tenemos una vida por vivir y que tenemos que aprovecharla al máximo. Esta idea queda perfectamente ilustrada en una película que vi en el Lifetime Channel mientras estaba enferma. La película se titulaba *¿Quién es Julia?* En esta película, Mare Winningham retrata a Julia, una mujer que un buen día se despierta después de haber sufrido un accidente y descubre que el cuerpo le ha quedado completamente destrozado y que su cerebro ha sido trasplantado a alguien que tiene el cuerpo bien pero cuyo cerebro ha dejado de funcionar. Dado que Julia antes era modelo y ahora su cerebro se encuentra en el cuerpo de un ama de casa (el de Mare Winninghams), se enfada muchísimo, lo cual es comprensible. Va por ahí dándose cabezazos contra todo porque ya no es rubia, ni mide uno setenta, ni pesa cincuenta kilos.

Pero finalmente, gracias a la inagotable devoción que le profesa su marido —pese a su nuevo aspecto incierto y a un breve rapto por parte del marido psicótico del ama de casa, que quiere que ella vuelva para lavarle la ropa—, Julia se da cuenta de que tener las medidas de una modelo no es tan importante como no estar muerta.

Esta película plantea la inevitable pregunta: «Si tu cuerpo quedara destrozado a consecuencia de un accidente y tuvieran que trasplantar tu cerebro al cuerpo de otra persona, ¿al cuerpo de quién te gustaría que fuera?». Después de una concienzuda reflexión, he decidido que el cuerpo que a mí me gustaría ocupar es el de Michelle Kwan, la patinadora sobre hielo olímpica, pues es muy guapa y tiene una habilidad muy rentable. Y, como todo el mundo sabe, hoy está muy de moda ser asiática.

O Michelle o Britney Spears, para tener el pecho más grande.

Miércoles, 29 de octubre, clase de lengua

Bueno, una cosa está clara: tener a un chico como mi primo Hank siguiéndome de clase en clase ayuda a que los demás se distraigan momentáneamente del ridículo espantoso que hice la otra noche en televisión.

En serio. No es que las animadoras hayan olvidado el asunto del *TwentyFour/Seven*; todavía percibo males de ojo por el pasillo de vez en cuando. Sin embargo, en cuanto sus miradas se desvían de mí y se posan en Hank, es como si les sucediera algo.

Al principio no sabía de qué se trataba. Creía que sencillamente se quedaban atónitas al ver a un chico ataviado con una camisa de franela y un peto en medio de Manhattan.

Luego, poco a poco he empezado a constatar que los tiros iban en otra dirección. Supongo que Hank está cachas, y que tiene el pelo así como bonito y rubio y que más o menos le cae sobre sus ojos azules de «chico mono». Pero creo que incluso es más que eso. Es como si Hank estuviera emitiendo esas feromonas que estudiamos en la asignatura de *bío* o algo así.

Solo que yo no puedo percibirlas porque soy pariente suya.

En cuanto las chicas ven a Hank, se me acercan con disimulo y me susurran: «¿Quién es *ese*?», contemplando con anhelo los bíceps de Hank, que realmente son bastante pronunciados debajo de todo ese tartán.

Mira Lana Weinberger, por ejemplo. Allí estaba, merodeando por mi taquilla, esperando a que apareciera Josh para enzarzarse en su ritual de succión facial matutino, cuando hemos llegado Hank y yo. Lana ha abierto los ojos de par en par, tipo Bobby Brown, y ha soltado: «¿Quién es tu amigo?», con un tono de voz que yo nunca había oído salir de su boca. Y ya hace tiempo que la conozco.

Le he contestado: «No es mi amigo. Es mi primo».

Entonces Lana le ha dicho a Hank, en el mismo tono de voz extraño: «Considérate mi amigo».

A lo que Hank ha respondido, con una amplia sonrisa: «Eh, gracias, señorita».

Y, como cabía esperar, Lana se ha pasado la clase de álgebra haciendo lo imposible por llamar la atención de Hank: ha barrido mi pupitre con su melena, de tanto echarla a un lado y a otro; ha dejado caer el lápiz como cuatro veces; ha cruzado y descruzado las piernas una infinidad de veces... Al final, el señor Gianini ha dicho: «Señorita Weinberger, ¿necesitas permiso para ir al servicio?». Eso la ha calmado, pero solo por cinco minutos.

Incluso la señorita Molina, la secretaria del instituto, se ha mostrado extrañamente nerviosa y no paraba de soltar risillas histéricas mientras preparaba el pase de invitados para Hank.

Pero eso no ha sido nada en comparación con la reacción de Lilly al subir a la limusina esta mañana, cuando pasamos a recogerla a ella y a Michael. Ha mirado a mi lado, se le ha desencajado la mandíbula y el bocado de tartaleta de maíz inflado que estaba masticando ha ido a parar al suelo. Jamás en toda mi vida la había visto hacer nada semejante. Lilly suele ser muy hábil manteniendo las cosas en la boca.

Las hormonas son algo muy poderoso. Estamos indefensos ante su embate.

Lo cual explicaría lo de Michael.

Me refiero a lo de estar tan encandilada con él y todo eso.

T. Hardy: su corazón está enterrado en Wessex; su cuerpo, en Westminster.

Hum... Perdona, pero ¡puaj!

No puedo creerlo. De verdad que no puedo.

Lilly y Hank han desaparecido.

De veras. Han *desaparecido*.

Nadie sabe por dónde andan. Boris está fuera de sí. No deja de tocar piezas de Mahler. Incluso la señora Hill ahora está de acuerdo en que encerrarlo en el armario del material es el mejor modo de conservar la cordura. Nos ha dado permiso para ir a escondidas al gimnasio, robar varias colchonetas y apoyarlas contra el armario para amortiguar el sonido. Sin embargo, no funciona.

Supongo que puedo comprender la desesperación de Boris. Es decir, que uno sea un genio musical y la chica con la que ha estado intercambiando besos de tornillo con cierta regularidad desaparezca de repente con un tipo como Hank sin duda tiene que ser desmoralizador.

Tendría que haberlo visto venir. Lilly se ha pasado un poco flirteando durante el almuerzo. No ha parado de hacerle preguntas a Hank sobre su vida en Indiana, como por ejemplo si era el chico más popular de la escuela y todo eso. A lo que él obviamente ha respondido que sí, aunque a mí personalmente no me parece que ser el chico más popular del instituto de Versailles (que en el «habla» de Indiana se pronuncia «Ver-sales») sea un mérito tan grande.

Y en un momento dado le ha preguntado: «¿Tienes novia?».

Hank se ha ruborizado y ha contestado que antes sí, pero que Amber lo había dejado hacía un par de semanas por otro chico, el hijo del propietario del local Outback Steakhouse. Lilly se ha mostrado muy conmovida y ha dicho que esa tal Amber debía de sufrir un trastorno de personalidad limítrofe o *borderline* si no era capaz de ver el individuo absolutamente autorrealizado que es Hank.

La escena me estaba dando tanto asco que apenas lograba sostener la hamburguesa vegetal en las manos.

Entonces Lilly ha empezado a hablar de las magníficas cosas que pueden hacerse en la ciudad y de que Hank tenía que disfrutar de ellas, en lugar de perder el tiempo en el instituto conmigo. Ha dicho: «Por ejemplo, está el museo del transporte, que es fascinante».

En serio. De veras ha dicho que el *museo del transporte* es fascinante. *¡Lilly Moscovitz!*

No me cabe la menor duda: las hormonas son muy peligrosas.

Luego ha añadido: «Y en Halloween habrá un desfile en el Village y después todos iremos a ver *The Rocky Horror Picture Show*. ¿Lo has visto alguna vez?».

A lo que Hank ha respondido que no.

Debería haberme dado cuenta de que se estaba tramando algo, pero no lo he hecho. Ha sonado la campana y Lilly ha dicho que quería llevar a Hank al auditorio para enseñarle la parte del decorado de *My Fair Lady* que ella misma había pintado (una farola).

Con la esperanza de que una tregua, aunque fuera momentánea, del torrente interminable de recordatorios de Hank sobre nuestro último encuentro («¿Te acuerdas de aquella vez que dejamos las bicicletas en el jardín y a ti te daba miedo que por la noche viniera alguien y las robara?») supusiera todo un alivio, he dicho: «Vale».

Y esa ha sido la última vez que los hemos visto.

Me culpo. Al parecer Hank es sencillamente demasiado guapo para soltarlo en medio del «resto de los humanos». Debería haberme dado cuenta de eso. Debería haberme dado cuenta de que el atractivo de un muchacho granjero de Indiana, inculto pero absolutamente hermoso, sería más fuerte que el de un genio musical ruso «no-tan-atractivo».

Ahora he convertido a mi mejor amiga en una chica infiel. Y «novillera». Lilly jamás había hecho novillos. Si la descubren, la amonestarán o la arrestarán. Me pregunto si le parecerá que merece la pena pasar una hora en la cafetería después de clase con otros delincuentes juveniles a cambio de los efímeros momentos de lujuria adolescente que ella y Hank están compartiendo.

Michael no está siendo de gran ayuda. No está nada preocupado por su hermana. De hecho, la situación le parece de lo más divertida. Le he recordado que, por lo que sabemos, Lilly y Hank podrían haber sido raptados por terroristas libios, pero él dice que lo cree poco probable. Considera más razonable dar por hecho que se están divirtiendo en el Sony Imax.

¡Y un cuerno! Hank es muy propenso al mareo. Nos lo ha confesado al pasar junto al teleférico que lleva a la Roosevelt Island esta mañana de camino al instituto.

¿Qué van a decir Abuelita y Abuelito cuando se enteren de que he perdido a su nieto?

LAS CINCO COSAS MÁS PROBABLES QUE PODRÍAN ESTAR HACIENDO LILLY Y HANK

1. Visitar el museo del transporte.
2. Saborear cecina en el deli de la Segunda Avenida.
3. Buscar el nombre de Dionysius Thermopolis en el muro de los inmigrantes de Ellis Island.
4. Hacerse tatuajes en St. Marks' Place.
5. Hacer el amor apasionadamente en la habitación de él en el Soho Grand.

¡OH, DIOS MÍO!

Miércoles, 29 de octubre, clase de Civilizaciones del Mundo

Ni rastro de ellos, todavía.

Miércoles, 29 de octubre, clase de biología

Todavía nada.

DEBERES

Álgebra: resolver los problemas 3, 9 y 12 de la p. 147.
Lengua: ¡¡¡¡¡¡¡¡¡¡¡Momento profundo!!!!!!!!!!!!
Civilizaciones del Mundo: leer la lección 10.
G y T: ¡por favor!
Francés: 4 frases: *une blague, la montagne, la mer, il y a du soleil.*
Biología: preguntar a Kenny.

¡Anda ya!... ¿¿¿Quién va a concentrarse en los deberes cuando su mejor amiga y su primo están perdidos en Nueva York???

Miércoles, 29 de octubre, repaso de álgebra

Lars dice que le parece precipitado llamar a la policía. El señor Gianini está de acuerdo con él. Afirma que últimamente Lilly está muy sensible y que es poco realista creer que haya dejado caer a Hank en manos de terroristas libios. Obviamente, yo solo había mencionado a los terroristas libios como ejemplo del tipo de peligro que podría acecharlos. Y hay otra posibilidad mucho más inquietante: que Lilly se haya enamorado de él.

En serio. Que Lilly, contra todo pronóstico, se haya enamorado locamente de mi primo Hank y que él se haya enamorado de ella. Cosas más raras han sucedido. Quiero decir que quizá Lilly esté empezando a caer en la cuenta de que sí, Boris es un genio, pero sigue vistiéndose de forma ridícula y sigue siendo incapaz de respirar por la nariz. Quizá esté dispuesta a sacrificar esas largas conversaciones intelectuales que suele compartir con Boris por un chico cuya única cualidad es lucir un «culo bonito».

Y Hank… Quizá se haya quedado deslumbrado por el intelecto superior de Lilly, porque no cabe duda de que el cociente intelectual de Lilly debe de superar como en cien puntos al de Hank.

Pero ¿acaso no pueden ver que pese a la atracción mutua su relación solo puede desembocar en la ruina? Me refiero a que… A ver. Pongamos por caso que LO HACEN. Y pongamos por caso que, pese a los múltiples anuncios de los servicios públicos en la MTV, no practican el sexo seguro, como mi madre y el señor G. Tendrán que casarse, y entonces Lilly tendrá que marcharse a vivir a Indiana, a un cámping para caravanas y remolques, porque allí es donde viven las madres menores de edad. Y tendrá que ponerse batas de estar por casa y fumar cigarrillos

Kool mientras Hank va a la fábrica de neumáticos y gana cinco pavos y medio por hora.

¿Es que soy la única persona capaz de ver adónde lleva todo esto? ¿Qué le pasa a todo el mundo?

Primero: agrupar (calcular con los símbolos que agrupan, empezando por el de dentro).

Segundo: calcular todas las potencias.

Tercero: multiplicar y dividir de izquierda a derecha.

Cuarto: sumar y restar de izquierda a derecha.

No ha pasado nada. Están bien.

Al parecer, Hank ha regresado al hotel hacia las cinco y, según Michael, Lilly ha llegado al apartamento poco antes.

De verdad me gustaría saber dónde estaban, pero lo único que contestarían los dos sería: «Dando un paseo».

Y Lilly añadiría: «¡Por Dios! ¡No podrías ser más posesiva!». Estoy segura.

Pero tengo otras cosas más importantes de las que preocuparme. Justo cuando estaba a punto de entrar en la suite de Grandmère en el Plaza para asistir a la lección diaria de princesa, ha aparecido papá con aire nervioso.

Solo dos cosas ponen nervioso a mi padre. Una es mi madre. Y la otra es su madre.

Me ha dicho, en voz baja: «Oye, Mia, con respecto a la situación de la boda...».

Lo he interrumpido: «Espero que hayas podido hablar con Grandmère».

«Tu abuela ya ha enviado las invitaciones. Para la boda, quiero decir.»

«*¿Qué?*»

¡Oh, Dios mío! ¡Oh, Dios mío! ¡Esto es una catástrofe!

Mi padre debe de haber deducido lo que estaba pensando por la cara que he puesto, ya que ha dicho: «Mia, no te preocupes. Yo me encargaré de todo. Déjalo en mis manos, ¿de acuerdo?».

Pero ¿cómo no voy a preocuparme? Mi padre es un buen hombre y eso. Bueno, al menos intenta serlo. Pero estamos hablando de *Grandmère*. *GRANDMÈRE*. Nadie se opone a Grandmère, ni siquiera el príncipe de Genovia.

Y sea lo que sea lo que le haya dicho hasta ahora, es evidente que no ha funcionado. Ella y Vigo están más inmersos que nunca en los planes nupciales.

«Ya hemos recibido confirmaciones —me ha informado Vigo con orgullo cuando he entrado—: del alcalde, del señor Donald Trump y de la señora Diane Von Furstenberg, así como de la familia real de Suecia, y del señor Óscar de la Renta, y del señor John Tesh, y de la señora Martha Stewart...»

No he pronunciado palabra, porque lo único en que podía pensar era en lo que mi madre diría si al dirigirse hacia el altar viera allí a John Tesh y Martha Stewart. Es probable que huyera de la iglesia gritando.

«Ya ha llegado su vestido», ha seguido informándome Vigo, alzando las cejas en repetidas ocasiones en un gesto sugerente.

«¿Mi qué?», le he preguntado.

Por desgracia, Grandmère me ha oído y ha dado una palmada tan sonora que *Rommel* ha salido despavorido en busca de refugio, sin duda creyendo que había estallado un misil o algo parecido.

«No quiero tener que volver a oír la palabra *qué* en tu boca —me ha espetado Grandmère—. Di *lo siento mucho.*»

He mirado a Vigo, que intentaba contener una sonrisa. ¡En serio! A Vigo le parecen divertidos los arranques de cólera de Grandmère.

Si en Genovia hubiera una medalla al valor, deberían dársela a él.

«Lo siento mucho, señor Vigo», le he dicho, con cortesía.

«Por favor, por favor —ha respondido Vigo, agitando una mano—. Vigo a secas, nada de trato de *señor*, Alteza. Y ahora, dígame. ¿Qué le parece esto?»

Y, de repente, ha extraído un vestido de la caja.

Y verlo ha sido mi perdición.

Porque era el vestido más hermoso que he visto en toda mi vida. Tenía un parecido asombroso con el vestido de Glinda, el Hada Buena de *El mago de Oz*, solo que no tan brillante. Aun así, era rosa, con la falda larga y holgada, y con pequeñas escarapelas en forma de rosetas en las mangas. Jamás había deseado un vestido tanto como deseé aquel en el mismo instante en que lo vi. He tenido que probármelo. He tenido que hacerlo.

Grandmère ha comprobado que me quedara bien mientras Vigo revoloteaba a nuestro alrededor, ofreciéndose cada dos por tres a «refrescar» su Sidecar. Además de disfrutar de su cóctel favorito, Grandmère fumaba uno de sus largos cigarrillos, por lo que tenía un aspecto más oficioso del habitual. No paraba de señalar con el cigarrillo y decir: «No, así no» y «¡Por el amor de Dios! ¡Yérguete, Amelia!».

Ha llegado a la conclusión de que el corpiño del vestido me quedaba grande (¡menuda novedad!) y que se tendrían que meter las costuras de la parte del pecho. Los arreglos no estarán listos hasta el viernes, pero Vigo nos ha asegurado que él se encargaría de que los acaben a tiempo.

Y ha sido entonces cuando he recordado para lo que en realidad era el vestido.

¡Dios! ¿Qué clase de hija soy? ¡Soy horrible! No quiero que se celebre esta boda. Mi madre no quiere que se celebre esta boda. Entonces, ¿qué estoy haciendo probándome el vestido que se supone que voy a llevar en un acontecimiento que nadie, excepto Grandmère, quiere que se celebre y que, si mi padre se sale con la suya, no va a celebrarse?

Sin embargo, creía que se me iba a partir el corazón al quitarme el vestido y devolverlo a la percha de raso. Era la cosa más bonita que había visto jamás (por no decir que me había puesto jamás). No he podido evitar un pensamiento: «Si al menos Michael pudiera verme con este vestido…».

O incluso Jo–C–rox. Podría superar su timidez y ser capaz de decirme a la cara lo que hasta entonces solo había sido capaz de decirme por escrito…, y si resulta que no es el chico del chili, a lo mejor podríamos empezar a salir juntos.

Pero solo hay un lugar apropiado para llevar un vestido como ese: la boda. Y, al margen de cuánto desee ponérmelo, no quiero que la boda se celebre. Mi madre apenas lograría conservar la cordura si se celebrara. Una boda en la que John Tesh figurara entre los invitados —y, quién sabe, quizá también cantara— la pondría al borde del abismo.

Aun así, en toda mi vida me he sentido tan princesa como con ese vestido.

Qué lástima que no vaya a poder ponérmelo nunca.

Miércoles, 29 de octubre, 10.00 h de la noche

Vale. Casualmente estaba «zapeando» de un canal a otro, ya sabes, tomándome un pequeño respiro del estudio y de tanto pensar en un momento profundo para el diario de la asignatura de lengua, cuando de repente he sintonizado el canal 67, uno de los públicos, y me he encontrado con un episodio del programa de Lilly, *Lilly lo cuenta tal y como es*, que no había visto, lo cual me ha extrañado, porque *Lilly lo cuenta tal y como es* suele emitirse los viernes por la noche.

He pensado que, dado que el próximo viernes es Halloween, quizá se hubiera avanzado la emisión del programa de Lilly para cubrir el desfile del Village o algo así.

Así que aquí estaba, viendo el programa, y ha resultado ser el episodio de la fiesta del pijama. Ya sabes, el que grabamos el sábado y en el que todas las chicas confesaban sus hazañas con besos de tornillo y yo tiraba una berenjena por la ventana. Pero Lilly había suprimido la escena en la que salía mi cara, así que a menos que alguien sepa que Mia Thermopolis era la del pijama salpicado de fresas por todas partes, nunca adivinaría que se trataba de mí.

Al fin y al cabo, un material bastante insípido. Quizá alguna madre realmente puritana se preocuparía por los besos de tornillo, pero no hay muchas madres de ese tipo en los cinco distritos, que es el radio de difusión del programa.

Entonces la cámara hace una especie de viraje muy gracioso y cuando la imagen vuelve a ser nítida, se ve un primer plano de mi cara. MI CARA. Yo estaba tendida en el suelo, con la cabeza recostada sobre una almohada, y hablaba con voz somnolienta.

Y entonces me he acordado: en la fiesta del pijama, después de que todas las demás se durmieran, Lilly y yo nos quedamos despiertas un buen rato, charlando.

¡Y resulta que HABÍA ESTADO FILMÁNDOME TODO EL TIEMPO!

Yo, allí tendida, decía: «Lo que más me apetece hacer es crear un hogar para animales extraviados y abandonados. Como cuando fui a Roma, que había así como ochenta millones de gatos por ahí, vagando alrededor de los monumentos. Y se hubieran muerto si aquellas monjas no les hubieran dado de comer y eso. Así que lo primero que haré será crear un lugar donde todos los animales extraviados y abandonados de Genovia encuentren refugio y reciban cuidado, ¿sabes? Y jamás consentiré que se sacrifique a ninguno, a menos que esté muy enfermo o algo así. Y allí habrá un montón de perros y gatos, y a lo mejor también delfines y ocelotes...».

La voz de Lilly, fuera de plano, decía: «¿Hay ocelotes en Genovia?».

Y yo le contestaba, medio dormida: «Sí, creo que sí. A lo mejor podríamos convertir todo el castillo en un refugio para animales desamparados, ¿sabes? Y todos los animales extraviados de Europa podrían venir a vivir al castillo. Incluso los gatos de Roma».

«¿Crees que a tu *grandmère* le va a gustar eso? Me refiero a lo de tener todos esos gatos merodeando por el castillo.»

Yo le respondía: «Por entonces ya se habrá muerto, así que ¿a quién le importa?».

¡Oh, Dios mío! ¡Espero que los televisores del Plaza no puedan sintonizar los canales públicos!

Lilly me preguntaba: «¿Qué es lo que más detestas? Me refiero a lo de ser una princesa».

«Oh, muy sencillo: no poder ir al deli a comprar leche sin tener que avisar con antelación y llevar a un guardaespaldas como escolta; no poder venir a buscarte y salir contigo por ahí sin que la salida se convierta en una «superproducción»; ¡ah!, y lo de las uñas… En realidad, ¿a quién le importará el aspecto de mis uñas? ¿Qué importancia tienen todas esas memeces?»

Lilly proseguía: «¿Estás nerviosa por tu presentación oficial al pueblo de Genovia en diciembre?».

«Bueno, no estoy exactamente nerviosa; sólo… No sé. ¿Y si no les gusto? ¿Y si no gusto a las damas de compañía o a las meninas o a quien sea? Quiero decir que… en la escuela no le gusto a nadie. Así que lo más probable es que en Genovia tampoco le guste a nadie.»

«Sí que gustas en la escuela», decía Lilly.

Entonces, justo enfrente de la cámara, me quedé dormida. ¡Menos mal que no babeé! Y por suerte tampoco ronqué, lo cual hubiera sido todavía peor. No habría tenido valor de poner un pie mañana en el instituto.

Y en ese instante aparecieron estas palabras en la pantalla: «¡No creáis las supercherías! ¡Esta es la *auténtica* entrevista con la princesa de Genovia!».

En cuanto ha acabado, he llamado a Lilly y le he preguntado qué creía exactamente que había hecho.

Ella ha contestado, con un tono de superioridad exasperante: «Solo quiero que la gente tenga la oportunidad de conocer a la verdadera Mia Thermopolis».

«No, eso no es cierto —le he replicado—. Solo quieres que alguna otra cadena te compre la entrevista y te pague una cantidad astronómica de dinero por ella.»

«Mia —ha dicho Lilly, con voz afectada—, ¿cómo puedes pensar algo así?»

Parecía tan sorprendida que he considerado la posibilidad de haberme equivocado.

«Bueno —he añadido—, podrías habérmelo dicho.»

«¿Habrías accedido?», me ha preguntado Lilly.

«Bueno —le he respondido—. No…, seguramente no.»

«Pues ya está», ha concluido Lilly.

Supongo que en la entrevista con Lilly ni siquiera quedo como una idiota bocazas. Solo quedo como una mema obsesionada con los gatos. No sé qué es peor.

Pero la verdad es que está dejando de importarme. Me pregunto si esto es lo que les ocurre a las celebridades. Es posible que al principio a uno le importe mucho lo que digan de él en la prensa y que al cabo de un tiempo tanto le dé.

Me pregunto si Michael habrá visto el programa y, en tal caso, qué habrá pensado de mi pijama. Es realmente bonito.

Hoy Hank no ha venido conmigo al instituto. Ha llamado a primera hora de la mañana para decir que no se encontraba muy bien. No me extraña. Anoche los Abuelitos llamaron para preguntar por algún sitio en Manhattan donde pudieran darse un banquete típico de Nueva York. Dado que no suelo frecuentar los restaurantes en los que se sirve carne, le pedí al señor Gianini que me sugiriera alguno y él llamó a uno bastante famoso, especializado en filetes.

Y entonces, pese a las tenaces objeciones de mi madre, él insistió en salir con mis abuelos, Hank y yo, para conocer mejor a su futura familia política.

Al parecer esto fue demasiado para mi madre, puesto que saltó de la cama, se puso maquillaje, barra de labios y un sujetador, y nos acompañó. Creo que lo hizo para impedir que Abuelita ahuyentara al señor G. con sus muchas referencias a la cantidad de coches familiares que mi madre hizo volcar accidentalmente en los maizales mientras aprendía a conducir.

En el restaurante (me horroriza explicarlo), a pesar del creciente aumento del riesgo de infartos y ciertos tipos de cáncer al que se han asociado científicamente las grasas saturadas y el colesterol, mi futuro padrastro, mi primo y mis abuelos maternos –por no hablar de Lars, a quien no sabía que le gustara tanto la carne, y mi madre, que atacó su filete con la misma voracidad con que Rosemary engullía aquel pedazo de carne cruda en *La semilla del Diablo* (no la he visto, pero me lo han contado)– ingirieron lo que debe de ser el equivalente a toda una vaca.

Esto me angustió mucho y me dieron ganas de recordarles lo innecesario y pernicioso que es comer cosas que antes estaban vivas y caminaban, pero recordé mi formación como princesa y decidí concentrarme en mi entrante de verduras a la parrilla y no decir nada.

Por tanto, no me sorprende que Hank no se encuentre bien. Toda esa carne roja probablemente se esté aposentando, sin digerir, detrás de esos abdominales «cuadrados» incluso mientras hablamos. (Solo estoy dando por hecho que Hank tiene los abdominales «cuadrados», ya que, por suerte, no se los he visto.)

Curiosamente, sin embargo, esa ha sido la única comida que mamá ha podido tolerar. Está claro que el bebé no es vegetariano.

El caso es que el desencanto que la ausencia de Hank ha provocado aquí, en el Albert Einstein, es palpable. La señorita Molina me ha preguntado con voz triste al verme entrar: «¿Hoy no necesitas otro pase para tu primo?».

Al parecer, la ausencia de Hank también está significando que la tregua de las miradas asesinas que las animadoras me habían otorgado ha quedado revocada. Esta mañana, Lana se me ha acercado por la espalda, ha estirado el elástico de mi sujetador, lo ha soltado de golpe y me ha preguntado, en un tono de voz de lo más irritante: «¿Para qué llevas sujetador? No lo necesitas».

Anhelo un lugar donde la gente se trate con cortesía y respeto. Y ese lugar, por desgracia, no es el instituto. Quizá sea Genovia, o esa estación espacial que construyeron los rusos, la que ahora está cayendo sobre nuestras cabezas.

En fin. La única persona que parece alegrarse del contratiempo de Hank es Boris Pelkowski. Cuando hemos llegado esta mañana, esperaba a Lilly a las puertas del instituto y en cuanto nos ha visto ha preguntado: «¿Dónde está Honk?». (Por su acento ruso tan cerrado, así es como pronuncia el nombre de Hank.)

«Honk..., quiero decir, Hank... se encuentra mal», le he informado, y no exageraría si dijera que la expresión que ha iluminado los rasgos asimétricos de Boris ha sido beatífica. En realidad, incluso ha sido un poco enternecedora. La devoción perruna que Boris le profesa a Lilly puede resultar irritante, pero sé que solo me lo parece porque me da envidia. *Yo* quiero un chico al que pueda contarle mis secretos más inconfesables. *Yo* quiero un chico que me dé un beso de tornillo. *Yo* quiero un chico que se ponga celoso si paso demasiado tiempo con otro, aunque se trate de un florero como Hank.

Pero supongo que no siempre conseguimos lo que queremos, ¿no? Parece que lo único que yo voy a conseguir es un hermanito o una hermanita, y un padrastro que sabe mucho de la fórmula cuadrática y que mañana se instala en casa con su futbolín.

¡Ah! Y la regencia del trono de un país…, algún día.

¡Pues vaya! Preferiría tener novio.

COSAS QUE HACER ANTES DE QUE EL SEÑOR G. SE INSTALE EN CASA

1. Pasar la aspiradora.
2. Limpiar la caja del gato.
3. Recoger la colada.
4. Tirar la basura de reciclaje, sobre todo aquellas revistas de mamá en cuyas cubiertas se haga referencia a los orgasmos. ¡¡¡Muy imp.!!!
5. Eliminar los productos de higiene femenina de los cuartos de baño.
6. Hacer sitio en el salón para el futbolín, la «máquina del millón» y un televisor grande.
7. Comprobar el botiquín: esconder la Saldeva, la cera depilatoria y la crema antiarrugas. ¡¡¡Muy imp.!!!
8. Sacar *Nuestro cuerpo*, *Nosotras* y *El placer del sexo* de la librería de mamá.
9. Llamar al suministrador de televisión por cable. Contratar el Classic Sports Network. Anular el Romance Channel.
10. Conseguir que mamá deje de colgar sujetadores en el tirador de la puerta.
11. Dejar de morderme las uñas postizas.
12. Dejar de pensar tanto en M. M.
13. Instalar un pestillo en la puerta del cuarto de baño.
14. ¡¡¡Papel higiénico!!!

No puedo creerlo.

Lo han vuelto a hacer.

¡Hank y Lilly han desaparecido OTRA VEZ!

Ni siquiera sabía lo de Hank hasta que Lars ha recibido una llamada de mi madre en el teléfono móvil. Estaba muy preocupada porque su madre la había llamado al estudio, gritando como una histérica porque Hank no estaba en la habitación del hotel. Mamá quería saber si Hank había aparecido por la escuela.

Lo cual, que yo sepa, no ha sucedido.

Luego Lilly tampoco ha aparecido a la hora del almuerzo.

Y la verdad es que no ha sido muy sutil. Estábamos haciendo un examen de educación física en el gimnasio y cuando le ha llegado el turno de ascender por la soga, Lilly ha empezado a quejarse de que tenía calambres.

Como Lilly se queja de que tiene calambres cada vez que toca examen de gimnasia, no he sospechado nada. La señora Potts ha enviado a Lilly a la enfermería y yo esperaba verla a la hora del almuerzo, milagrosamente recuperada.

Pero no se ha presentado al almuerzo. Tras preguntarle a la enfermera, he sabido que sus calambres eran de tal intensidad que Lilly había decidido marcharse a casa y pasar allí el resto del día.

Calambres. Ya. Lilly no tiene calambres. ¡Lo que tiene son sofocos por mi primo!

La verdadera pregunta es: ¿cuánto tiempo vamos a poder ocultarle esto a Boris? Teniendo aún reciente la sesión de Mahler a la que nos sometió ayer, todo el mundo está siendo muy prudente para no recalcar la curiosa coincidencia de que Lilly esté enferma y Hank haya desaparecido en combate al mismo tiempo. A nadie le apetece tener que recurrir de nuevo a las colchonetas del gimnasio. Esas cosas pesan mucho.

Como precaución, Michael está intentando entretener a Boris con un juego de ordenador que él mismo ha inventado y que se llama *Decapita al Backstreet Boy*. En él, el jugador arroja cuchillos, hachas y demás utensilios cortantes a los miembros de Backstreet Boys. Quien consigue cortarle la cabeza a más componentes de Backstreet Boys pasa al siguiente nivel, en el que tiene que intentar cortarles la cabeza a los cantantes de 98 Degrees, a los de 'N Sync, etcétera. Al jugador que corte el mayor número de cabezas se le premia con la posibilidad de esculpir sus iniciales en el pecho desnudo de Ricky Martin.

No puedo creer que a Michael solo le pusieran un notable por este juego en la asignatura de informática, pero el profesor le restó puntos porque opinaba que el juego no era suficientemente violento para el mercado actual.

Hoy la señora Hill nos ha dado permiso para hablar. Sé que lo ha hecho porque no quiere tener que oír a Boris tocar a Mahler o, aún peor, a Wagner. Ayer, al acabar la clase, me acerqué a ella para disculparme por haber dicho en la televisión que siempre estaba en la sala de profesores, aunque fuera verdad. Ella me contestó que no me preocupara. Estoy segura de que su respuesta tiene mucho que ver con el reproductor de DVD que mi padre le envió, junto con un enorme ramo de flores, al día siguiente de la emisión de la entrevista. Desde entonces ella ha sido mucho más amable conmigo.

Ya ves, me resulta muy difícil digerir esta historia de Lilly y Hank. Precisamente Lilly, de entre todos los seres humanos, resulta ser una esclava de la lujuria. Porque es imposible que esté enamorada de verdad de Hank. Es cierto que él es un chico muy majo —y también muy atractivo—, pero, seamos sinceros: «el ascensor no le llega a la azotea».

Por otra parte, Lilly pertenece a Mensa, o al menos podría hacerlo si no creyera que es una asociación inconcebiblemente burguesa. Además, Lilly no es exactamente lo que suele considerarse una belleza tradicional; quiero decir que a mí me parece guapa, pero según los limitados parámetros actuales del «atractivo ideal», Lilly no entra en el saco. Es mucho más baja que yo y un poco rechoncha, y tiene la cara así como blandengue. O sea, no exactamente el tipo de belleza al que uno esperaría que un tipo como Hank fuera a sucumbir.

Así pues, ¿qué tienen en común una chica como Lilly y un chico como Hank?

¡Oh, Dios mío! No contestes a eso.

DEBERES

Álgebra: p. 123, problemas 1 al 5 y 7.

Lengua: describe en el diario un día de tu vida; no olvides el momento profundo.

Civilizaciones del Mundo: responder las preguntas del final de la lección 10.

G y T: llevar un dólar el lunes para comprar tapones para los oídos.

Francés: *une description d'une personne, trente mots minimum.*

Biología: Kenny dice que no me preocupe, que ya se encargará él de hacerlo.

Otro impacto enorme. Si mi vida sigue este curso de montaña rusa, voy a tener que buscar ayuda profesional.

Cuando he entrado en la suite para asistir a la lección de princesa, me he encontrado a Abuelita *(Abuelita)* sentada en uno de los diminutos sofás rosados de Grandmère, sorbiendo una taza de té.

«Oh, siempre ha sido así —decía Abuelita—. Tozuda como una mula.»

Estaba segura de que estaban hablando de mí. He arrojado la mochila al suelo y les he espetado: «¡*No* soy tozuda!».

Grandmère estaba sentada en otro sillón, enfrente de Abuelita, con una taza de té y un platillo en las manos en perfecto equilibrio. Al fondo, Vigo corría de un lado a otro como un juguete de cuerda y contestaba al teléfono diciendo cosas como: «No, las flores anaranjadas son para la fiesta nupcial, las de color rosa son para los centros de mesa» y «*Por supuesto* que las costillas de cordero deben servirse como aperitivo».

«¿Qué maneras son esas de entrar en una habitación? —me ha ladrado Grandmère en francés—. Una princesa nunca interrumpe a sus mayores y jamás arroja cosas. Ahora ven aquí y salúdame como es debido.»

Me he acercado a ella y le he dado un beso en cada mejilla, aunque no quería hacerlo. Luego he ido hacia Abuelita y he hecho lo propio. Abuelita ha soltado una risilla nerviosa y ha dicho: «¡Qué continental!».

Grandmère ha añadido: «Ahora siéntate y ofrécele a tu abuela una magdalena».

Me he sentado, para demostrarle que cuando quiero no soy nada tozuda, y le he ofrecido a Abuelita una magdalena del plato que había en la mesa, enfrente de ella, tal y como Grandmère me había enseñado a hacerlo.

Abuelita ha vuelto a soltar la misma risilla y ha cogido un dulce... con el dedo meñique disparado hacia el techo.

«Qué lindo. Gracias, cielo», ha dicho.

«Y bien —ha proseguido Grandmère, en inglés—. ¿Dónde nos habíamos quedado, Shirley?»

Abuelita ha contestado: «Oh, sí. Como iba diciendo, siempre ha sido así, testaruda como ella sola. No me sorprende que se haya cerrado en banda con esto de la boda. No me sorprende lo más mínimo».

¡Vaya! Al fin y al cabo no era de mí de quien hablaban. Era...

«Bueno, no puedo decirle que nos emocionáramos la primera vez que sucedió. Claro que Helen nunca nos dijo que él era un príncipe. Si lo hubiéramos sabido, le habríamos insistido para que se casara con él.»

«Naturalmente», ha murmurado Grandmère.

«Pero en esta ocasión —ha continuado Abuelita—, bien, no podríamos estar más emocionados. Frank es un encanto.»

«Entonces nuestras opiniones convergen —ha dicho Grandmère—. Esta boda debe celebrarse y así se hará.»

«Oh, sí, claro», ha convenido Abuelita.

Casi esperaba que se escupieran en las manos y luego las estrecharan, una vieja costumbre de Indiana que había aprendido de Hank. Sin embargo, en lugar de hacer eso, ambas tomaron un sorbo de té.

Estaba segura de que nadie quería oírme, pero aun así me he aclarado la garganta.

«Amelia —me ha soltado Grandmère, en francés—. Ni se te ocurra.»

Demasiado tarde. He dicho: «Mamá no quiere…».

«Vigo —ha gritado Grandmère—. ¿Tienes aquellos zapatos? ¿Los que van a conjunto con el vestido de la princesa?»

Vigo ha aparecido como por arte de magia con el par de zapatos de satén rosa más bonitos que había visto en mi vida. Tenían escarapelas en las punteras, iguales que las de las mangas de mi vestido de dama de honor.

«¿No le parecen preciosos? —ha preguntado Vigo, mostrándomelos—. ¿Quiere probárselos?»

Era cruel. Era un chantaje.

Era Grandmère, y punto.

Pero ¿qué podía hacer? Eran irresistibles. Los zapatos me iban bien y me quedaban, tengo que admitirlo, de maravilla. Con ellos puestos, mis pies en forma de esquí parecían un número más pequeños…, ¡incluso dos números más pequeños! Estoy ansiosa por estrenarlos, igual que el vestido. Si la boda se suspendiera, quizá podría ponérmelos para el baile de graduación. Si lo de Jo-C-rox saliera bien, claro está.

«Sería una pena tener que devolverlos —ha comentado Grandmère entre suspiros— solo porque tu madre sea tan obstinada.»

Otra vez, a lo mejor no.

«¿Y no podría quedármelos para otra ocasión? —le he preguntado, por si caía la breva…»

«Oh, no —ha contestado Grandmère—. El rosa solo es apropiado para una boda.»

¿Por qué tiene que pasarme esto a mí?

Al acabar la lección —al parecer la de hoy consistía en estar allí sentada y oír a mis dos abuelas quejarse de que sus hijos (y nietos) no agradecen sus gestos—, Grandmère se ha puesto en pie y le ha dicho a Abuelita: «Así pues, ¿nos hemos entendido, Shirley?».

Y Abuelita ha respondido: «Oh, sí, Alteza».

Esto me ha sonado siniestro. De hecho, cuanto más pienso en ello, más convencida estoy de que mi padre no ha hecho absolutamente nada por ayudar a mamá a librarse de lo que sin duda va a ser una situación desastrosa. Según Grandmère, mañana por la tarde una limusina irá al apartamento para recogernos a mí, a mamá y al señor Gianini, y llevarnos al Plaza. Cuando mi madre se niegue a subir a la limusina, todo el mundo tendrá claro por fin que no va a haber boda.

Creo que voy a tener que tomar cartas en el asunto. Ya sé que papá me aseguró que todo está bajo control, pero estamos hablando de Grandmère. ¡GRANDMÈRE!

Durante el trayecto de regreso a casa, he intentado sonsacar información a Abuelita (ya sabes, a qué se referían ella y Grandmère cuando han dicho que «se han entendido»).

Pero no ha soltado prenda…, salvo que ella y Abuelito, con todos los *tours* turísticos que han hecho en autobús, estaban demasiado cansados —además de preocupados por Hank, de quien todavía no saben nada— para ir a cenar fuera y que iban a quedarse en el hotel y pedir la cena en la habitación.

Seguramente sea lo mejor, porque estoy segura de que si volviera a oír a alguien pronunciar las palabras *medio crudo*, vomitaría.

Bien. El señor Gianini se ha instalado en casa. Ya he probado nueve juegos en el futbolín. ¡Uf! Me duelen las muñecas.

En realidad no me resulta extraño tenerlo aquí de forma permanente, porque de todos modos antes casi siempre estaba aquí. La única diferencia notable es el televisor grande, la máquina del millón, el futbolín y la batería instalada en el rincón donde hasta ahora mamá guardaba el busto dorado de Elvis a tamaño natural.

Pero lo mejor de todo es la máquina del millón. Se llama Motorcycle Gang y tiene un montón de dibujos muy realistas de ángeles del infierno tatuados y vestidos de cuero. También tiene dibujos de las novias de los ángeles del infierno –que no es que lleven mucha ropa puesta, la verdad–, inclinadas hacia delante y luciendo sus enormes delanteras. Cuando encajas una bola, la máquina emite el ruido de un motor de moto acelerando a tope.

Mi madre le ha echado un vistazo y se ha quedado allí al lado, sacudiendo la cabeza.

Sé que es misógino y sexista y todo eso, pero también está muy, muy limpio.

El señor Gianini me ha dicho que a partir de ahora podría llamarle Frank, teniendo en cuenta que ya casi somos parientes. Pero, por mucho que lo intento, no lo consigo, así que me limito a llamarle «Eh». Le digo: «Eh, ¿me pasas el parmesano, por favor?» y «Eh, ¿has visto el mando a distancia?».

¿Lo ves? Así no hacen falta nombres. Astuta, ¿verdad?

Claro que tampoco todo es coser y cantar. Está el pequeño detalle de que mañana va a celebrarse esa inmensa y majestuosa ceremonia nupcial que ahora ya sé que no ha sido cancelada y a la que también sé que mi madre no tiene la menor intención de asistir.

Sin embargo, cuando le pregunto al respecto, en lugar de estremecerse o gritar, mi madre sonríe con reserva y dice: «No te preocupes por eso, Mia».

Pero ¿cómo no voy a preocuparme por eso? Lo único que es inamovible es la visita de mamá y del señor Gianini al juzgado. Les he preguntado si todavía querían que me vistiera del Empire State, puesto que en tal caso tendría que empezar a confeccionar el disfraz y eso, pero mi madre ha desviado la mirada y me ha contestado que quizá deberíamos dejarlo por el momento.

He supuesto que no le apetecía hablar del tema, así que he optado por cerrar la boca y he ido a llamar a Lilly. He pensado que ya era hora de que me diera alguna explicación de lo que estaba pasando.

Pero cuando la he llamado, he encontrado la línea ocupada, por lo cual era probable que Lilly o Michael estuvieran conectados. Me la he jugado y le he enviado un mensaje a Lilly. Me ha contestado de inmediato.

FtLouie: Lilly, ¿se puede saber dónde os habéis metido hoy tú y Hank? Y no me mientas diciéndome que no estabais juntos.

WmnRule: No acabo de ver en qué te incumbe eso.

FtLouie: Bueno, digamos que si quieres conservar a tu novio, más vale que tengas una buena excusa.

WmnRule: Tengo una muy buena excusa, pero no pienso contártela a ti. Seguro que irías corriendo a chivársela a Beverly Be-

LLERIEVE. AH, Y A VEINTIDÓS MILLONES DE TE-
LESPECTADORES.

FtLOUIE: ESO ES MUY INJUSTO. MIRA, LILLY, ES-
TOY PREOCUPADA POR TI. NO ES PROPIO DE TI
FALTAR A CLASE. ¿Y QUÉ HAY DE TU LIBRO SOBRE
LA SOCIEDAD DEL INSTITUTO? PODRÍAS HABERTE
PERDIDO UN BUEN MATERIAL PARA ÉL.

WMNRULE: OH, ¿DE VERAS? ¿HA PASADO ALGO
HOY DIGNO DE RECORDAR?

FtLOUIE: BUENO, VARIOS VETERANOS SE HAN
COLADO EN LA SALA DE PROFESORES Y HAN ME-
TIDO EL FETO DE UN CERDO EN LA NEVERA.

WMNRULE: OH, VAYA. QUÉ PENA HABÉRMELO
PERDIDO. ¿HAY ALGO MÁS, MIA? PORQUE AHORA
MISMO ESTOY BUSCANDO EN INTERNET INFORMA-
CIÓN QUE NECESITO.

Sí, había algo más. ¿Acaso no se da cuenta de lo mal que está salir con dos chicos al mismo tiempo? ¿Y más aún cuando otras
no tienen ninguno? Pero no le he escrito eso, sino lo siguiente:

FtLOUIE: BUENO, BORIS ESTABA MUY PREOCUPA-
DO, LILLY. ESTÁ CLARO QUE SOSPECHA ALGO.

WMNRULE: BORIS TIENE QUE APRENDER QUE EN
UNA RELACIÓN SENTIMENTAL ES IMPORTANTE ES-
TABLECER VÍNCULOS DE CONFIANZA. Y ES ALGO
QUE A TI TAMBIÉN TE CONVIENE RECORDAR, MIA.

Obviamente, me he dado cuenta de que se estaba refiriendo a nuestra relación: la que mantenemos ella y yo. Pero, pensándolo mejor, eso no solo es aplicable a Lilly y a Boris, ni a Lilly y a mí. También es aplicable a mí y mi padre. Y a mí y a mi madre. Y a mí y…, bueno, casi todo el mundo.

«¿Será este —me he preguntado— un momento profundo? ¿Debería coger el diario de lengua?»

Ha sido justo después de esto cuando ha ocurrido. He recibido un mensaje de otra persona: ¡el mismísimo Jo-C-rox!

JOCROX: ASÍ PUES, ¿VAS A IR MAÑANA A VER *THE ROCKY HORROR*?

¡Oh, Dios mío! ¡Oh, Dios MÍO! ¡OH, DIOS MÍO!
Jo-C-rox va a ir a ver *The Rocky Horror* mañana.
Igual que Michael.
En serio. De esto solo puede deducirse una conclusión lógica: Jo-C-rox es Michael. Michael es Jo-C-rox. TIENE que ser él. TIENE que serlo.
¿No?
No sabía qué hacer. Quería saltar de la silla, y correr por la habitación, y gritar, y reír…, todo al mismo tiempo.

En lugar de eso, y no sé de dónde he sacado la serenidad para hacerlo, le he contestado:

FTLOUIE: ESO ESPERO.

No puedo creerlo. De verdad que no puedo creerlo. Michael es Jo-C-rox.
¿No?
¿Qué voy a hacer? ¿Qué voy a hacer?

Viernes, 31 de octubre, sala de alumnos

Me he despertado con una sensación extraña, como si tuviera una corazonada. Al principio no he sabido identificarla. Me he quedado un rato en la cama, escuchando la lluvia repiquetear en la ventana. *Fat Louie* estaba tendido a mis pies, retozando en la colcha y ronroneando sonoramente.

Entonces lo he recordado: hoy, según mi abuela, es el día en que se supone que mi madre embarazada va a casarse con mi profesor de álgebra en una pomposa ceremonia en el Hotel Plaza, con acompañamiento musical cortesía de John Tesh.

Me he quedado en la cama un minuto más, deseando que mi temperatura volviera a ser de 38,8, para no tener que levantarme y enfrentarme a lo que estaba segura de que iba a ser un día dramático y de sentimientos dolorosos.

Y entonces he recordado también el mensaje de ayer y he saltado de la cama.

¡Michael es mi admirador secreto! ¡Michael es Jo-C-rox!

Y, con un poco de suerte, al final de la noche, ¡me lo habrá admitido en mi cara!

Hoy el señor Gianini no ha venido. En su lugar tenemos a una profesora suplente que se llama señora Krakowski.

Me resulta muy extraño que el señor Gianini no esté aquí, porque esta mañana estaba en el apartamento. Hemos echado una partida al futbolín antes de que Lars viniera a buscarme con la limusina. Incluso le he ofrecido al señor G. llevarlo al instituto, pero ha dicho que vendría más tarde.

Al parecer, *mucho* más tarde.

En realidad, hoy falta mucha gente. Michael, por ejemplo, no ha venido con nosotros esta mañana. Lilly dice que en el último momento ha tenido problemas para imprimir un trabajo que debe entregar hoy.

Pero me pregunto si no ha venido porque le da demasiado miedo mirarme a la cara después de admitir que es Jo-C-rox.

Bueno, no es que lo haya admitido, pero más o menos.

¿No?

La edad del señor Howell triplica la de Gilligan. La diferencia de edad entre ambos es de 48 años. ¿Cuántos años tiene cada uno?

T = Gilligan
$3T$ = Señor Howell

$3T - T = 48$
$2T = 48$
$T = 24$

Oh, señor G., ¿dónde ESTÁS?

Vale.

No pienso volver a infravalorar a Lilly Moscovitz nunca más. Ni tampoco sospecharé de que esté ocultando nada sino los motivos más altruistas que una persona pueda tener. Por el presente escrito lo juro solemnemente.

Ha sucedido durante el almuerzo:

Estábamos todos allí sentados: yo, mi guardaespaldas, Tina Hakim Baba, su guardaespaldas, Lilly, Boris, Shameeka y Ling Su. Michael, por supuesto, se sienta con los del club de informática, así que no estaba allí, pero los demás implicados sí.

Shameeka nos estaba leyendo en voz alta algunos de los folletos de las escuelas para chicas de New Hampshire que su padre le había traído. Cada uno llenaba de terror a Shameeka más que el anterior, y a mí, de vergüenza por haber abierto mi bocaza.

De pronto, una sombra se ha cernido sobre la pequeña mesa en la que estábamos.

Hemos alzado la mirada.

Ahí estaba, de pie, una aparición de dimensiones divinas que por un instante me parece que incluso Lilly creyó que se trataba del Mesías redivivo que el pueblo elegido llevaba tanto tiempo esperando.

Luego solo ha resultado ser Hank..., pero con un aspecto que nunca había visto en él. Llevaba un jersey negro de cachemira debajo de una chaqueta entallada de cuero negro, y vaqueros negros que parecían prolongarse sin fin sobre sus largas y esbeltas piernas. Llevaba el cabello dorado cortado y peinado de manos de un experto y –lo prometo– se parecía tanto a Keanu Reeves en *The Matrix* que habría creído a ciegas que acababa de salir de la pantalla si no hubiera sido por las botas camperas que calzaba. Unas botas negras y, al parecer, caras, pero al fin y al cabo camperas.

No creo que fuera fruto de mi imaginación la impresión de que todo el mundo en la cafetería contuviera el aliento cuando Hank ha tomado asiento lentamente en nuestra mesa («la mesa de los marginados», como he oído llamarla muchas veces).

«Hola, Mia», ha saludado Hank.

Lo he mirado, atónita. No era solo la ropa. Había algo… diferente en él. De alguna manera su voz parecía más grave. Y olía…, en fin, de maravilla.

«Y bien –le ha dicho Lilly, rebañando con el dedo el relleno cremoso de su bollo–. ¿Cómo ha ido?»

«Bien –ha contestado Hank, con el mismo tono de voz grave–. Tenéis delante al nuevo modelo de ropa interior de Calvin Klein.»

Lilly se ha relamido los restos de relleno del dedo. «Hum… –ha exclamado, con la boca llena–. Bien hecho.»

«Te lo debo todo a ti, Lilly –ha proseguido Hank–. De no haber sido por ti, no me habrían contratado.»

Entonces caí en la cuenta. ¡La razón por la que Hank parecía tan distinto era que había perdido el acento de Indiana!

«No, Hank –lo ha corregido Lilly–. Ya hemos hablado de esto. Has llegado donde estás por tus dotes naturales. Yo solo te he dado algunas pistas y algunos consejos.»

Cuando Hank ha desviado la mirada hacia mí, me he fijado en que tenía los ojos, de color azul cielo, húmedos. «Tu amiga Lilly –me ha dicho– ha hecho por mí algo que nadie había hecho nunca.»

Le he lanzado una mirada reprobatoria a Lilly.

Lo sabía. Sabía que habían practicado el sexo.

Pero entonces Hank ha añadido: «Ha creído en mí, Mia. Ha creído en mí tanto como para ayudarme a perseguir mi sueño…, un sueño que he albergado desde que era niño. Muchas personas, entre ellas mis propios Abuelita y Ab… —es decir, mis abuelos–, me dijeron que era un sueño absurdo. Me dijeron que lo olvidara, que jamás lo conseguiría. Pero cuando se lo expliqué a Lilly, ella me tendió la mano –Hank ha alargado una mano para ilustrar la idea y todos, yo, Lars, Tina, Wahim, el guardaespaldas de Tina, Shameeka y Ling Su, hemos mirado su mano, una mano con las uñas perfectas tras someterse, sin duda, a una sesión de manicura– y me dijo: "Ven conmigo, Hank. Voy a ayudarte a conseguir tu sueño"».

Luego Hank ha bajado la mano. ¿Y sabéis qué?

Todos —excepto Lilly, que ha seguido comiendo– estábamos tan atónitos que lo único que podíamos hacer era mirarlo, anonadados.

Hank no ha esperado a que contestáramos y ha dicho: «Ha ocurrido. Hoy ha ocurrido. Mi sueño se ha hecho realidad. Ford me ha contratado. Soy su último fichaje como modelo masculino».

Todos hemos pestañeado sin apartar la mirada de él.

«Y todo se lo debo –ha añadido Hank– a esta mujer.»

Entonces ha pasado algo muy impactante. Hank se ha puesto en pie, se ha acercado a la silla donde Lilly estaba sentada, acabándose inocentemente el bollo, sin sospechar nada, la ha cogido por los hombros y la ha levantado.

Todos los presentes en la cafetería los han mirado –me he fijado en que Lana Weinberger y todas sus compinches, que estaban en la mesa de las animadoras, también lo han hecho–, y mi primo Hank le ha estampado a Lilly Moscovitz un beso tan intenso que por un momento he creído que le iba a succionar de vuelta el bollo.

Cuando ha acabado de besarla, Hank la ha soltado y Lilly, con el aspecto de alguien a quien le acabara de pasar la corriente, se ha dejado caer lentamente en la silla. Hank se ha ajustado las solapas de la chaqueta de cuero y se ha vuelto hacia mí.

«Mia —me ha dicho—. Diles a Abuelita y a Abuelito que van a tener que buscar a alguien que cubra mi turno en la ferretería. No pienso…, quiero decir, no voy a volver a Versailles. Nunca más.»

Y dichas estas palabras, ha salido a zancadas de la cafetería, como un *cowboy* alejándose del lugar donde acaba de vencer en un tiroteo.

O quizá debería decir que *ha empezado* a salir a zancadas de la cafetería porque, por desgracia para Hank, no lo ha hecho lo suficientemente deprisa.

Una de las personas que habían observado el tórrido beso que le había dado a Lilly era nada más y nada menos que Boris Pelkowski.

Y ha sido Boris Pelkowski —Boris Pelkowski, con su corrector dental y el jersey metido por dentro de los pantalones— quien se ha puesto en pie y le ha soltado: «No tan rápido, listillo».

No estoy segura de si Boris acababa de ver la película *Top Gun* o qué, pero ese «listillo» ha sonado muy amenazador, teniendo en cuenta el acento de Boris y eso.

Hank ha seguido avanzando. No sé si no ha oído a Boris o si no estaba dispuesto a que un pequeño genio del violín arruinara su gran éxito.

Entonces Boris ha hecho algo totalmente temerario: ha agarrado a Hank por un brazo y le ha dicho: «Es *mi* chica a quien le has puesto los morros encima, guapito».

Y no bromeo. Estas han sido sus palabras exactas. ¡Oh! ¡Se me ha estremecido el corazón al oírlas! ¡Si al menos algún chico (vale, Michael) dijera algo así sobre mí!… No «la chica más Josie que he conocido en la vida», sino *su* chica. ¡Boris acababa de referirse a Lilly como *su* chica! Ningún chico se ha referido nunca a mí como *su* chica. Ya sé todo eso del feminismo y de que las mujeres no son una propiedad y de que es sexista ir por ahí refiriéndose a ellas como tal. Pero... ¡Oh! ¡Ojalá alguien (vale, Michael) dijera que yo soy *su* chica!

En fin. El caso es que Hank solo ha respondido: «¿Eh?...».

Y entonces el puño de Boris ha aparecido de la nada y ha salido disparado hacia la cara de Hank. *¡Paf!*

Solo que en realidad no ha sonado como *paf* sino más bien como un batacazo. Se ha oído un angustioso crujido de varios huesos astillándose. Todas las chicas nos hemos quedado sin aliento, creyendo que Boris había desfigurado la cara perfecta de modelo de portada de revista de Hank.

Pero no había motivo para preocuparse: había sido la mano de Boris lo que había crujido, no el rostro de Hank. Hank había salido del todo indemne. Boris es quien tiene los nudillos astillados.

Y ya sabes lo que eso significa:

¡Se acabó Mahler!

¡¡¡Yupiii!!!

Aunque es muy poco «principesco» por mi parte regocijarme con las calamidades ajenas.

Le he cogido prestado el teléfono móvil a Lars y he llamado al Soho Grand entre la hora del almuerzo y la quinta clase del día. No sé, he pensado que alguien debería decirle a Abuelita y a Abuelito que Hank está bien. Bueno, que es modelo de Ford, pero que está bien.

Abuelita debía de estar sentada junto al teléfono, puesto que ha contestado al primer tono.

«¿Clarisse? —ha exclamado—. Todavía no sé nada de ellos.»

Lo cual resulta extraño, porque Clarisse es el nombre de pila de Grandmère.

«¿Abuelita? —le he dicho—. Soy yo, Mia.»

«Oh, Mia. —Abuelita se ha reído—. Perdona, cielo. Creía que era la princesa. Quiero decir…, la antigua princesa. Tu otra abuela.»

Le he dicho: «Hum, sí. Bueno, no. Soy yo y solo llamo para decirte que ya tengo noticias de Hank».

Abuelita ha soltado un chillido tan agudo que he tenido que apartarme el teléfono de la oreja.

«¿DÓNDE ESTÁ? —ha aullado—. DILE DE MI PARTE QUE CUANDO LE PONGA LAS MANOS ENCIMA…»

«¡Abuelita!», le he gritado. Me daba así como un poco de vergüenza, porque todas las almas que deambulaban por el pasillo la han oído gritar y me miraban. He intentado camuflarme detrás de Lars.

«Abuelita —he insistido—, ha conseguido un contrato con Ford Models, Inc. Ahora es el nuevo modelo de ropa interior de Calvin Klein. Va a ser muy famoso, como…»

«¿ROPA INTERIOR? —ha chillado mi abuela—. Mia, dile a ese chico que me llame AHORA MISMO.»

«Bueno, en realidad no puedo hacerlo, Abuelita —le he informado—, teniendo en cuenta que...»

«AHORA MISMO —ha repetido— o de lo contrario tendrá GRAVES PROBLEMAS.»

«Hum —he musitado. De todos modos, la campana estaba sonando ya—. Muy bien, Abuelita. Esto..., hum, la boda..., hum..., ¿sigue adelante?»

«¿La QUÉ?»

«La boda», le he dicho, deseando poder ser, por una vez, una chica normal sin necesidad de tener que ir por ahí preguntándole a la gente si la ceremonia nupcial real de su madre embarazada y su profesor de álgebra sigue en pie.

«Bueno, por supuesto —ha contestado ella—. ¿Qué creías?»

«Oh —le he respondido—. ¿Has..., hum..., has hablado con mi madre?»

«Por supuesto que lo he hecho —ha dicho Abuelita—. Todo está listo.»

«¿De verdad? —Me he quedado estupefacta. No lograba imaginar a mi madre pasando por todo eso. ¡Ni en un millón de años!—. ¿Y ha dicho que estará allí?»

«Bueno, por supuesto que estará allí —ha respondido—. Es su boda, ¿no?»

Bueno..., supongo que más o menos. Pero no le he dicho eso a Abuelita, sino: «Claro». Y entonces he colgado con una fuerte sensación de opresión en el pecho.

Y debo confesar que por motivos totalmente egoístas. Estaba un poco triste por mi madre, supongo, puesto que había intentado oponerse a Grandmère. Y lo había intentado de veras. No era culpa suya haber estado luchando contra una fuerza tan inexorable.

Pero sobre todo me sentía triste por mí. NO conseguiré escaparme a tiempo para asistir al *Rocky Horror*. No, no, *no*. Ya sé que la película no empieza hasta la medianoche, pero las recepciones nupciales suelen prolongarse hasta mucho más tarde.

Y ¿quién sabe si Michael volverá a invitarme a salir? En realidad, hoy no ha reconocido ni una sola vez que él es Jo-C-rox, ni ha mencionado el *Rocky Horror*. Ni una sola vez. Ni tan siquiera para hacer algún comentario indirecto sobre Rachel Leigh Cook.

Y mira que hemos hablado largo y tendido durante la hora de G y T. LARGO Y TENDIDO. Eso es porque algunos de los que el año pasado vimos el impactante episodio de *Lilly lo cuenta tal y como es* estábamos comprensiblemente desconcertados con el detalle de Lilly de ayudar a Hank a ver cumplido su sueño de ser una estrella supermodelo. El programa se titulaba: «Sí, tú como individuo puedes acabar con el sexismo, el racismo, el "edadismo" y el "tallaísmo" de la industria de la moda» («criticando los anuncios que degradan a las mujeres y limitan nuestras ideas de la belleza» y «buscando maneras de hacer que tu protesta llegue a las agencias de publicidad» y «conseguir que los medios de comunicación sepan que quieres ver imágenes más variadas y realistas de las mujeres»; Lilly también nos instaba a «desafiar a los hombres que juzgan, escogen y descartan mujeres según su apariencia»).

El siguiente diálogo ha tenido lugar durante la hora de Genios y Talentos (la señora Hill ha regresado a la sala de profesores…, de forma permanente, espero) e incluye a Michael Moscovitz, quien, como comprobarás, no ha mencionado NI UNA SOLA VEZ a Jo-C-rox ni al *Rocky Horror*:

```
Yo: Lilly, creía que la industria de la moda te
parecía sexista, racista y denigrante para la espe-
cie humana.
   Lilly: ¿Y? ¿Qué quieres decir con eso?
```

Yo: Bueno, según Hank, lo has ayudado a hacer realidad su sueño de convertirse en lo que ya sabes: un modelo.

Lilly: Mia, cuando detecto un alma humana angustiada y deseosa de autorrealizarse, no puedo quedarme de brazos cruzados. Debo hacer lo que esté en mis manos para que esa persona vea cumplido su sueño.

[¡Ja! Pues yo no he visto que Lilly haya hecho tanto por ayudarme a ver cumplido mi sueño de que su hermano me dé un beso de tornillo. Claro que…, por otra parte, tampoco le he dado a conocer exactamente ese sueño.]

Yo: Hum, Lilly. No sabía que tuvieras influencias en la industria de la moda.

Lilly: Y no las tengo. Solo le enseñé a tu primo cómo extraer el máximo partido de sus talentos innatos. Varias lecciones muy sencillas sobre elocución y estilo, y ya estaba listo para conseguir ese contrato con Ford.

Yo: Vale. ¿Y tenías que guardarlo en secreto?

Lilly: ¿Tienes idea de lo frágil que es el ego masculino?

[Aquí entra Michael en escena.]

Michael: ¡Eh!

Lilly: Lo siento, pero es verdad. La autoestima de Hank había quedado reducida a la nada gracias a Amber, Reina del Maíz del condado de Versailles. No estaba dispuesta a permitir que algún comentario negativo echara a perder la poca autoestima que le

201

quedaba. Ya sabes qué fatalistas pueden llegar a ser los chicos.

Michael: ¡Eh!

Lilly: Era esencial permitir que Hank persiguiera su sueño sin la menor influencia fatalista. De lo contrario, sabía que no tendría ninguna posibilidad. Así que mantuve esto en secreto y no se lo dije ni siquiera a las personas que más me importan. Cualquiera de vosotros podría haber torpedeado sin querer las oportunidades de Hank con el comentario más inocente.

Yo: Anda ya. Lo habríamos apoyado.

Lilly: Mia, piénsalo bien. Si Hank te hubiera dicho: «Mia, quiero ser modelo», ¿qué habrías hecho? Vamos, seguro que te habrías reído.

Yo: No. No me habría reído.

Lilly: Sí, lo habrías hecho, porque para ti Hank no es más que un primo quejica y propenso a las alergias que viene del quinto pino y no sabe ni hacer la «O» con un canuto. Pero yo, como has visto, he sido capaz de mirar más allá de las apariencias y ver al hombre en que potencialmente podría convertirse...

Michael: Sí, ya, un hombre destinado a tener su propio calendario picante...

Lilly: A ti, Michael, lo que te pasa es que estás celoso.

Michael: Oh, sí. Siempre he deseado ver una fotografía mía en ropa interior en Times Square.

[En realidad, eso es algo que a mí me encantaría ver, pero Michael solo estaba siendo sarcástico, claro.]

Michael: Ya sabes, Lil, que dudo mucho de que a mamá y a papá les impresione tanto tu tremendo acto de caridad que vayan a pasar por alto el detalle de que has faltado a clase para hacerlo. Sobre todo cuando se enteren de que te han impuesto un arresto para la semana que viene.

Lilly (con aire de sufridora): Los abyectos somos unos incomprendidos.

Y eso ha sido todo. Eso ha sido todo cuanto Michael me ha dicho en todo el día. TODO EL DÍA.

Nota para mí: busca el significado de *abyecto*.

POSIBLES RAZONES POR LAS QUE MICHAEL NO ADMITE QUE ES JO-C-ROX

1. Es demasiado tímido para revelar lo que siente por mí.
2. Cree que no le correspondo.
3. Ha cambiado de opinión y, después de todo, ya no le gusto.
4. No quiere tener que soportar el estigma social que supone salir con una novata y solo está esperando a que pase a segundo curso antes de pedirme una cita. (Solo que para entonces él será un novato en la universidad y no querrá soportar el estigma social que supondría salir con una chica de instituto.)
5. No es Jo-C-rox y resulta que me estoy obsesionando con algo que ha escrito ese chico de la cafetería que está obsesionado con el maíz.

DEBERES

Álgebra: nada (¡no señor G.!)

Lengua: ¡Acabar «Un día en tu vida» y «Momento profundo»!

Civilizaciones del Mundo: leer y analizar una noticia de actualidad en el *Sunday Times* (mínimo 200 palabras).

G y T: ¡No olvides el dólar!

Francés: p. 120, *Huit phrases* (ej. A).

Biología: preguntas al final de la lección 12. ¡Preguntar las respuestas a Kenny!

Un día en mi vida, por Mia Thermopolis
(En lugar de un día, he optado por escribir sobre una noche.
¿Es correcto, señora Spears?)

VIERNES, 31 DE OCTUBRE

15.16 h. Llego a casa, un apartamento del Soho, con mi guardaespaldas (Lars). Lo encuentro ostensiblemente vacío. Doy por hecho que mi madre está durmiendo (algo que hace con mucha frecuencia últimamente).

15.18 h - 15.45 h. Juego al futbolín con mi guardaespaldas. Gano tres partidas de doce. Decido que debo practicar con el futbolín en mi tiempo libre.

15.50 h. Me escama que el considerable ruido que hace el futbolín —por no hablar de lo increíblemente alto que está el volumen de la máquina del millón— no haya despertado a mi madre. Llamo con suavidad a la puerta de su dormitorio. Me quedo fuera con la esperanza de que la puerta no se abra y me revele la visión de mi madre compartiendo la cama con mi profesor de álgebra.

15.51 h. Vuelvo a llamar a la puerta con mayor ímpetu. Pienso que quizá no me oigan a causa de estar inmersos en un intenso acto amoroso. Espero sinceramente no convertirme en testigo accidental de ninguna desnudez.

15.52 h. Tras no recibir respuesta, entro en el dormitorio de mi madre. ¡Y no encuentro a nadie! Al inspeccionar su cuarto de baño descubro que en el armario del botiquín faltan ciertos productos cruciales, como el maquillaje, la barra de labios y el bote de pastillas de ácido fólico. Empiezo a sospechar que está pasando algo.

15.55 h. Suena el teléfono. Contesto. Es mi padre. Tiene lugar la siguiente conversación:

Yo: ¿Papá? Mamá ha desaparecido. Y también el señor Gianini. Hoy ni siquiera ha venido al instituto.

Mi padre: ¿Todavía lo llamas señor Gianini, aunque ya viva contigo?

Yo: Papá, ¿dónde están?

Mi padre: No te preocupes por eso.

Yo: Esa mujer lleva dentro mi última oportunidad de tener un hermano. ¿Cómo no voy a preocuparme por ella?

Mi padre: Todo está bajo control.

Yo: ¿Y por qué voy a creerlo?

Mi padre: Porque te lo digo yo.

Yo: Papá, escúchame, creo que deberías saberlo. Tengo graves problemas de confianza relacionados contigo.

Mi padre: ¿Y eso?

Yo: Bueno, tiene que ver en parte con el hecho de que hasta hace un mes te has pasado la vida mintiéndome con respecto a quién eres y a cómo te ganas la vida.

Mi padre: Vaya.

Yo: Así que ya puedes estar diciéndomelo. ¿DÓNDE ESTÁ MI MADRE?

Mi padre: Te ha dejado una carta. La recibirás a las ocho.

Yo: Papá, a las ocho es cuando se supone que comenzará la boda.

Mi padre: Lo sé.

Yo: Papá, no puedes hacerme esto. ¿Qué voy a decirles a...?

Otra voz: Phillipe, ¿va todo bien?

Yo: ¿Quién es esa? ¿Quién es *esa*, papá? ¿Es
Beverly Bellerieve?

Mi padre: Tengo que irme, Mia.

Yo: No, papá, espera...

CLIC.

16.00 h - 16.15 h. Pongo el apartamento patas arriba, buscando alguna pista que me desvele adónde puede haber ido mi madre. No encuentro ninguna.

16.20 h. Suena el teléfono. Es mi abuela paterna. Quiere saber si mi madre y yo estamos listas para ir al salón de belleza. Le informo que mi madre ya ha salido (bueno, es la verdad, ¿no?). La abuela sospecha algo. Le informo que si tiene alguna pregunta, se la haga a su hijo, mi padre. La abuela dice que eso es lo que lleva rato intentando hacer. También dice que a las cinco en punto una limusina pasará a recogerme.

17.00 h. Llega la limusina. Mi guardaespaldas y yo subimos a ella. Dentro está mi abuela paterna (en adelante, Grandmère) y mi abuela materna (en adelante, Abuelita). Abuelita está muy emocionada con la inminente ceremonia nupcial, aunque su emoción ha quedado un poco deslustrada por la deserción de mi primo para convertirse en supermodelo masculino. Por su parte, Grandmère parece misteriosamente tranquila. Dice que su hijo (mi padre) le ha informado de que la novia ha decidido llevar a cabo sus propios planes. Me acuerdo de la ausencia de las pastillas de ácido fólico y opto por no decir nada.

17.20 h. Llegamos a Chez Paolo.

18.45 h. Salimos de Chez Paolo. Asombroso el cambio que Paolo ha obrado en el pelo de Abuelita. Ya no parece la madre de la película de John Hughes, sino un miembro de un club de campo de alto copete.

19.00 h. Llego al Plaza. Mi padre atribuye la ausencia de la novia a su deseo de dormir un rato antes de la ceremonia. Cuando obligo a Lars clandestinamente a que llame a casa con su teléfono móvil, no contesta nadie.

19.15 h. Empieza a llover otra vez. Abuelita comenta que la lluvia en una boda es de mal agüero. Grandmère dice que no, que son las perlas. Abuelita dice que no, que es la lluvia. Primer síntoma de escisión entre dos rangos de abuelas anteriormente unidas.

19.30 h. Soy conducida a una pequeña estancia situada frente al Salón Blanco y Dorado, donde me siento con las otras damas de honor (las supermodelos Gisele, Karmen Kass y Amber Valetta, a quienes ha contratado Grandmère debido a que mi madre se ha negado a entregarle una lista de damas de honor elegidas por ella). Me he cambiado y me he puesto mi precioso vestido rosa y los zapatos a juego.

19.40 h. Ninguna de las otras damas de honor me dirige la palabra, salvo para comentar que estoy «monísima». De lo único que saben hablar es de una fiesta a la que asistieron anoche en la que alguien vomitó sobre los zapatos de Claudia Schiffer.

19.45 h. Empiezan a llegar los invitados. No reconozco a mi abuelo materno sin la gorra de béisbol. Tiene un aspecto muy enérgico con el esmoquin. Un poco como Matt Damon de mayor.

19.47 h. Llegan dos personas que aseguran ser parientes del novio. ¡Los parientes de Long Island del señor Gianini! El señor Gianini padre llama a Vigo «Bucko». Vigo parece encantado.

19.48 h. Martha Stewart está junto a la puerta, charlando con Donald Trump sobre el negocio inmobiliario de Manhattan. No consigue encontrar un edificio con una comunidad de vecinos que le permita tener chinchillas, sus mascotas domésticas.

19.50 h. John Tesh se ha cortado el pelo. Apenas lo reconozco. Tiene un aire ligeramente infantil. La reina de Suecia le pregunta si es amigo de la novia o del novio. Por alguna razón inexplicable, él responde que del novio, aunque resulta que yo sé, después de haber inspeccionado los cedés del señor Gianini, que sólo tiene a los Rolling Stones y algo de los Who.

19.55 h. Todo el mundo empieza a guardar silencio mientras John Tesh se sienta al piano de media cola. Rezo porque a estas horas mi madre se encuentre en el otro hemisferio y no pueda ver ni oír nada de esto.

20.00 h. Todos esperan con gran expectación. Le pido a mi padre, que se ha unido a mí y a las supermodelos, que me dé la carta de mi madre. Papá se rinde y cede.

20.01 h. Leo la carta.

20.02 h. Tengo que sentarme.

20.05 h. Grandmère y Vigo hablan en tono circunspecto. Al parecer se han dado cuenta de que ni la novia ni el novio han llegado.

20.07 h. Amber Valetta susurra que si esto no da comienzo ya, llegará tarde a su cita con Hugh Grant para cenar.

20.10 h. Los invitados enmudecen cuando mi padre, que tiene un aspecto excesivamente principesco con el esmoquin (pese a la calva), se dirige a toda prisa hacia la parte frontal del Salón Blanco y Dorado. John Tesh deja de tocar.

20.11 h. Mi padre anuncia lo siguiente:

> Mi padre: Quiero expresar mi más sincero agradecimiento a todos los presentes por haber hecho un hueco en sus apretadas agendas para poder estar hoy aquí entre nosotros. Desafortunadamente, el enlace entre Helen Thermopolis y Frank Gianini no va a tener lugar... o, al menos, no va a tener lugar esta noche. Al parecer, la feliz pareja nos ha dado esquinazo y esta mañana ha tomado un vuelo a Cancún, donde, imagino, tienen previsto contraer matrimonio ante un juez de paz.

[Se oye una especie de aullido, procedente de detrás del piano de media cola. Al parecer no proviene de John Tesh, sino más bien de Grandmère.]

Mi padre: Por supuesto, les instamos a que nos acompañen a la cena que se servirá en el Gran Salón de Baile. Gracias de nuevo por venir.

[Mi padre se retira. Los perplejos invitados recogen sus pertenencias y van en busca de los cócteles. Detrás del piano de media cola no se oye ninguna clase de sonido.]

Yo (a nadie en particular): ¡México! Deben de estar locos. Si mi madre bebe aquella agua, ¡mi futuro hermano o hermana nacerá con aletas en lugar de pies!

Amber: No te preocupes. Mi amiga Heather se quedó embarazada en México. Bebió agua allí y lo único que le pasó es que tuvo gemelos.

Yo: Y tenían aletas dorsales en la espalda, ¿a que sí?

20.20 h. John Tesh empieza a tocar de nuevo. Como mínimo hasta que Grandmère ladre: «¡Oh, cállate de una vez!».

Lo que decía la carta de mi madre:

Querida Mia:
Cuando leas esto, Frank y yo estaremos casados. Siento mucho no haber podido decírtelo antes, pero si tu abuela te preguntaba si lo sabías (y sin duda lo habrá hecho), quería estar segura de que podrías contestar sinceramente que no lo sabías y evitar así que entre vosotras surjan hostilidades.

[¿Hostilidades entre Grandmère y yo? ¿Con quién cree que bromea? ¡Si lo único que hay entre nosotras son hostilidades!]

Frank y yo deseábamos más que nada en el mundo que estuvieras en nuestra boda, por lo que hemos decidido que, cuando volvamos, celebraremos otra ceremonia, que se mantendrá en estricto secreto y será muy íntima: ¡solo con nuestra pequeña familia y nuestros amigos!

[Bueno, la verdad es que eso podría ser interesante. La mayoría de las amigas de mi madre son feministas militantes o artistas de *performance*. A una de ellas le gusta subirse a un escenario, desnudarse y rociarse el cuerpo con chocolate líquido mientras recita poesía. Me pregunto cómo se llevarán con los amigos del señor G., que supongo que ven mucho deporte.]

Has sido muy fuerte durante esta etapa tan desquiciante, Mia, y quiero que sepas lo mucho que te lo agradezco —al igual que tu padre y tu padrastro—. Eres la mejor hija que una madre puede tener, y este pequeño (o pequeña) es el bebé más afortunado del mundo por tenerte como hermana mayor.

Ya te añoro,

Mamá

Estoy conmocionada. En serio.

Pero no es porque mi madre y mi profesor de álgebra se hayan fugado; para serte sincera, eso me parece bastante romántico.

No. Es porque mi padre *–mi padre–* los ha ayudado a hacerlo. Ha desafiado a su madre. Y de qué manera.

De hecho, con todo lo ocurrido, ¡estoy empezando a pensar que mi padre no teme en absoluto a Grandmère! Creo que, sencillamente, prefiere evitar las complicaciones. Me parece que para él es más fácil estar de su lado que enfrentarse a ella, porque enfrentarse a ella resulta desquiciante y agotador.

Sin embargo, esta vez no ha sido así. Esta vez se ha cerrado en banda.

Y no cabe duda de que va a pagar por ello.

Creo que en toda mi vida no voy a ser capaz de superar esto. Voy a tener que replantearme y modificar todo lo que siempre he pensado de él. O sea, más o menos como cuando Luke Skywalker descubre que su verdadero padre es Darth Vader, pero al revés.

En fin. El caso es que mientras Grandmère berreaba detrás del piano de media cola, me he acercado a papá, lo he abrazado y le he dicho: «¡Lo has hecho!».

Él me ha mirado con curiosidad. «¿Por qué pareces tan sorprendida?»

Glups. Le he contestado, totalmente avergonzada: «Oh, bueno, porque…, ya sabes».

«No, no lo sé.»

«Bueno», le he contestado. (¿POR QUÉ? ¿POR QUÉ tendré una boca tan grande?)

212

Por un instante me he planteado mentirle, pero me parece que papá ha intuido mis intenciones, puesto que ha dicho, en tono de advertencia: «*Mia…*».

«Oh, vale –he accedido; de mala gana, le he soltado–: Es solo que a veces das la impresión, solo la impresión, ¿eh?, de tenerle un poco de miedo a Grandmère.»

Papá se me ha acercado y me ha pasado un brazo por los hombros. Y lo ha hecho delante de Liz Smith, que ya se disponía a seguir a todo el mundo hacia el Gran Salón de Baile, aunque ella nos ha sonreído como si la escena le pareciera tierna.

«Mia –ha dicho mi padre–. ¿De verdad crees que yo te fallaría alguna vez? ¿O tu madre? Siempre voy a estar a vuestro lado y os ayudaré en lo que haga falta.»

Esto ha sido muy lindo; tanto, que las lágrimas han empezado a asomar a mis ojos. Pero debía de ser por el humo del tabaco. En la fiesta había una infinidad de invitados franceses.

«Mia, ¿crees que lo he hecho muy mal contigo?», me ha preguntado papá de improviso.

La pregunta me ha sorprendido. «No, papá, claro que no. Habéis sido unos buenos padres.»

Mi padre ha asentido. «Ya veo.»

Enseguida he comprendido que no había sido suficientemente halagadora, así que he proseguido: «No, en serio. No habría deseado nada mejor… –Luego, no he podido evitar añadir–: Aunque quizá preferiría vivir sin lo de ser princesa».

Por un momento ha parecido que estaba a punto de alargar un brazo y agitarme el pelo si no hubiera sido porque lo llevaba tan embadurnado de espuma que la mano se le hubiera quedado enganchada en él.

«Siento mucho eso –ha dicho–, pero, Mia, ¿de verdad crees que serías feliz siendo una adolescente vulgar y corriente?»

Hum… Sí.

Bueno, eso creo.

Habríamos podido seguir hablando y disfrutar de un momento realmente profundo sobre el que habría podido escribir en mi diario para la asignatura de lengua si en ese instante no se hubiera acercado Vigo a toda prisa. Tenía aspecto de estar exhausto. Claro que no podía ser de otro modo. ¡La ceremonia que había organizado se estaba convirtiendo en un desastre! Primero, la novia y el novio no se presentan, y luego la anfitriona, la antigua princesa de Genovia, se había encerrado en su suite y se negaba a salir.

«¿Qué quieres decir con eso de que se niega a salir?», le ha preguntado mi padre.

«Exactamente eso, Alteza. —Vigo daba la impresión de estar a punto de echarse a llorar—. ¡Nunca la había visto tan furiosa! Dice que su propia familia la ha traicionado y que no será capaz de volver a mostrarse en público de la vergüenza que está pasando.»

Papá ha mirado al techo. «Vamos», ha dicho.

Al llegar a la suite, papá nos ha indicado a mí y a Vigo que guardáramos silencio y ha llamado a la puerta.

«Madre —ha llamado—. Madre, soy Phillipe. ¿Puedo entrar?»

No ha habido respuesta, pero sabía que ella estaba dentro porque he oído los tenues lamentos de *Rommel*.

«Madre», ha repetido papá. Luego ha intentado accionar el pomo de la puerta, pero lo ha encontrado cerrado con llave. Esto le ha hecho suspirar profundamente.

Bueno, era evidente por qué. Ya había desperdiciado la mejor parte del día desbaratando sus infalibles planes y eso debía de haber resultado agotador. Y, para colmo, ¿ahora esto?

«Madre —ha dicho una vez más—. Quiero que abras la puerta.»

Tampoco esta vez hubo respuesta.

«Madre —ha insistido mi padre—. Estás siendo ridícula. Quiero que abras la puerta ahora mismo. Si no lo haces, voy a verme obligado a llamar al servicio de habitaciones y pedirles que la abran ellos. ¿Vas a hacer que tenga que recurrir a eso? ¿De verdad quieres que haga eso?»

Sabía que Grandmère preferiría que la viéramos sin maquillaje a permitir que un miembro del personal del hotel presenciara una de nuestras disputas familiares, así que he puesto una mano en el brazo de mi padre y le he susurrado: «Papá, déjame probar».

Mi padre se ha encogido de hombros y, haciendo un gesto que pretendía significar: «allá tú», ha retrocedido un paso.

Le he gritado a la puerta: «¿Grandmère? Grandmère, soy yo, Mia».

La verdad es que no sé qué esperaba que ocurriera, pero sin duda no esperaba que la abriera. Es decir, si no lo había hecho por Vigo, a quien parecía adorar, ni por su propio hijo, quien, si no era fruto de su adoración, sí era como mínimo su único hijo, ¿cómo iba a hacerlo por mí?

El caso es que lo único que he recibido como respuesta desde el otro lado de la puerta ha sido el silencio, solo roto por los gimoteos de *Rommel*.

Sin embargo, no me he dejado acobardar. He alzado la voz y he seguido gritando: «Siento mucho lo de mamá y el señor Gianini, Grandmère, pero debes admitirlo. Ya te advertí que ella no querría esta ceremonia, ¿recuerdas? Te dije que ella quería algo sencillo. Lo habrás constatado porque aquí no hay ni una sola persona invitada por mi madre. Todos estos son *tus* amigos. Bueno, excepto Abuelita y Abuelito. Y los padres del señor G. Pero, ¡anda ya! Mi madre no quiere conocer a Imelda Marcos, ¿vale? ¿Y Barbara Bush? Estoy segura de que es una mujer muy agradable, pero no una de las amigas íntimas de mamá».

Siguió sin haber respuesta.

«Grandmère –he seguido diciéndole a la puerta–. Mira, me has sorprendido mucho. Creía que siempre me decías que una princesa tiene que ser fuerte. Creía que me decías que una princesa, sea cual sea la adversidad a la que se enfrente, tiene que poner cara de valiente y no ocultarse detrás de su opulencia y sus privilegios. Pues bien, ¿no es exactamente eso lo que estás haciendo tú ahora? ¿No deberías estar abajo ahora mismo, haciendo ver que todo está saliendo tal y como lo habías planeado, y alzando una copa para brindar por la felicidad de la pareja ausente?»

He dado un salto atrás cuando el pomo de la suite de mi abuela ha girado repentinamente. Un segundo después ha salido Grandmère: una visión en terciopelo púrpura y diadema con diamantes.

Ha dicho, con aire de solemne dignidad: «Tenía intención de volver a la fiesta. Solo he subido para retocarme el maquillaje de los labios».

Papá y yo hemos intercambiado una mirada.

«Claro, Grandmère –le he contestado–. Lo que tú digas.»

«Una princesa –ha proseguido Grandmère, cerrando la puerta de la suite a su paso– jamás abandona a sus invitados.»

«Vale», le he dicho.

«Y bien, ¿qué estáis haciendo los dos aquí?», nos ha preguntado Grandmère, con un halo furibundo en la mirada.

«Hemos venido a…, hum…, a ver cómo estabas», le he explicado.

«Ya veo. –Entonces Grandmère ha hecho algo sorprendente: ha enlazado un brazo con el mío y, sin mirar a papá, ha dicho–: Vamos.»

He visto que papá miraba al techo con gesto de desesperación ante su flagrante disimulo.

Pero no parecía asustado; al menos, no como yo lo habría estado.

«Espera, Grandmère», la he detenido.

Entonces he rodeado el brazo de papá con el mío y así nos hemos quedado los tres: unidos en medio del pasillo, unidos por…, bueno, por mí.

Grandmère se ha limitado a aspirar por la nariz, pero papá ha sonreído.

¿Y sabes qué? No estoy segura, pero creo que este podría haber sido un momento profundo para todos.

Bueno, vale. Al menos para mí.

La velada no resultó ser un fracaso total.

No fueron pocas las personas que parecieron pasárselo bien. Hank, por ejemplo. En realidad apareció justo a la hora de la cena —siempre se le ha dado muy bien eso—, con un aspecto espléndido, enfundado en un esmoquin de Armani.

Mis abuelos se emocionaron al verlo. A la señora Gianini, la madre del señor Gianini, le cayó simpático, supongo que por sus impecables modales. No había olvidado ni una de las lecciones de elocución que le había dado Lilly, y solo ha mencionado una vez su afición por hacer «trompos» en el barro con la furgoneta los fines de semana. Y después, al empezar el baile, le pidió a Grandmère el segundo vals —papá se había llevado el primero—, consagrándose en su fuero interno como el consorte ideal para mí.

Gracias a Dios que el matrimonio entre primos de sangre se declaró ilegal en Genovia en 1907.

Pero las personas más felices con las que hablé anoche en realidad no estaban en la fiesta. No. Hacia las diez Lars me pasó su teléfono móvil y, al contestar, preguntándome quién podría ser, oí la voz de mamá, que me llegaba muy tenue y entrecortada: «¿Mia?».

No quería gritar «Mamá» demasiado alto, puesto que sabía que Grandmère andaría rondando cerca. Y no me parece probable que Grandmère vaya a perdonar pronto a mis padres por la faena que le han hecho. Me escondí detrás de una columna y le susurré: «¡Eh, mamá! ¿Ya te ha convertido el señor Gianini en una mujer decente?».

Pues sí, ya lo había hecho. La proeza ya se había llevado a cabo (la verdad, en mi opinión un poco tarde, pero bueno, al menos el pequeño no nacerá cargando con el estigma de la ile-gitimidad, cosa que yo llevo haciendo toda la vida). Solo eran las seis de la tarde donde ellos estaban, y estaban en alguna playa bebiendo piñas (vírgenes) coladas. Le hice prometer a mi madre que no se tomaría ninguna más, porque los cubitos de hielo no son fiables en esos sitios.

«Los parásitos sobreviven en el hielo, mamá –le informé–. Hay unos gusanos que viven en los glaciares de la Antártida. Los hemos estudiado en *bío*. Llevan miles de años allí. Así que aunque el agua esté congelada, uno puede enfermar si los ingiere. Pide cubitos hechos con agua embotellada. Oye, ¿por qué no me pasas al señor Gianini? Le diré exactamente qué es lo que tiene que hacer...»

Mi madre me interrumpió.

«Mia –me dijo–. ¿Cómo?... –Se aclaró la garganta–. ¿Cómo se lo está tomando mi madre?»

«¿Abuelita? –Miré en dirección a mi abuela. La verdad es que se lo estaba pasando mejor que nunca. Estaba aprovechando al máximo su anzuelo como madre de la novia. Hasta el momento, había conseguido bailar con el príncipe Alberto, que estaba allí en representación de la familia real de Mónaco, y el príncipe Andrés, que no parecía echar de menos en absoluto a Fergie, si quieres que te diga la verdad–. Hum... –le contesté–. La Abuelita... está realmente furiosa contigo.»

Era mentira, claro está, pero sabía que era una mentira que alegraría mucho a mamá. Una de sus aficiones favoritas es poner furiosos a sus padres.

«¿De verdad, Mia?», exclamó, casi sin aliento.

«Ajá –le confirmé, viendo cómo el abuelo hacía girar a la abuela a pocos pasos de la fuente de *champagne*–. Es probable que no vuelvan a hablarte.»

«Vaya –dijo mamá, en tono jovial–. ¿No es horrible?»

En ocasiones mi habilidad natural para mentir resulta de lo más práctico.

Sin embargo, por desgracia en ese momento se cortó la comunicación. Bueno, al menos mamá había oído mis advertencias con respecto a los gusanos del hielo antes de que perdiéramos el contacto.

Y yo…, bueno, no puedo decir que me lo pasara en grande… De hecho, Hank era el único invitado de mi edad en la fiesta y estaba demasiado ocupado bailando con Gisele para hablar conmigo.

Por suerte, hacia las once mi padre me dijo: «Hum, Mia, ¿hoy no es Halloween?».

«Sí, papá», le contesté.

«¿No hay ningún sitio donde preferirías estar ahora?»

Ya sabes, no había olvidado lo del *Rocky Horror*, pero había dado por hecho que Grandmère me necesitaba. A veces los asuntos familiares son más importantes que los asuntos amistosos… e incluso que los asuntos sentimentales.

Pero al oír eso, le solté: «Hum…, sí».

La película empezaba a las doce en el Village Cinema (a unas cincuenta manzanas). Si me daba prisa, podía conseguirlo. Bueno, Lars y yo podíamos conseguirlo.

Solo había un problema: no teníamos disfraz y en Halloween no permiten entrar al cine en ropa de calle.

«¿Cómo que no tienes disfraz?» Martha Stewart había oído nuestra conversación.

Me he cogido la falda, mostrándosela. «Bueno —le he dicho, dubitativa—. Supongo que podría pasar por Glinda, el Hada Buena, pero no tengo varita mágica. Ni corona.»

No sé si Martha había bebido demasiado cóctel de *champagne* o si siempre es así; el caso es que en un santiamén me había confeccionado una varita con una caña de cristal para remover el cóctel y un poco de hiedra que había cogido de uno de los centros florales. Y luego me hizo una corona enorme con varias cartas de menú y un tubo de pegamento que llevaba en el bolso.

¿Y sabes qué? ¡Quedó genial! ¡Justo como la de *El Mago de Oz*! (Había tenido la precaución de girar las cartas para que la cara escrita quedara en el interior de la corona.)

«Aquí tienes —me dijo Martha, al acabar—. Glinda, el Hada Buena. —Y, mirando a Lars, añadió—: Contigo es fácil. Eres James Bond.»

Lars parecía complacido. Seguro que siempre ha fantaseado con eso de ser un agente secreto.

Sin embargo, nadie estaba más complacido que yo. Mi fantasía de que Michael me viera con este vestido fascinante estaba a punto de hacerse realidad. Y aún más: el conjunto me iba a inspirar la confianza que necesitaba para plantearle el asunto de Jo-C-rox.

Así, con la bendición de mi padre —me habría detenido para despedirme de Grandmère, pero ella y Gerald Ford bailaban un tango en la pista de baile (no, no bromeo)—, salí de allí como una bala…

Y tropecé con un espinoso enjambre de periodistas.

«¡Princesa Mia! —aullaron—. Princesa Mia, ¿qué sentimientos le produce la fuga de su madre?»

Estuve a punto de dejar que Lars me condujera a toda prisa hacia la limusina sin decirles nada a los periodistas. Pero entonces se me ocurrió una idea. Agarré el micrófono que tenía más a mano y solté: «Solo quiero decir a quienes me estén viendo que el Instituto Albert Einstein es el mejor de todo Manhattan, quizá incluso de toda Norteamérica, y que en él tenemos al más excelente equipo docente y a los mejores estudiantes del mundo, y que todo aquel que no lo reconozca, se engaña a sí mismo, señor Taylor».

(El señor Taylor es el padre de Shameeka.)

Entonces devolví el micrófono a su propietario y corrí a la limusina.

Estuvimos a punto de no conseguirlo. Sobre todo, porque a causa del desfile, el tráfico en el centro de la ciudad estaba imposible. Luego, ¡la cola del Village Cinema daba la vuelta a la manzana! Le indiqué al chófer que la recorriera despacio para que Lars y yo escudriñáramos a la variopinta multitud. Me resultó muy difícil reconocer a mis amigos, porque todo el mundo iba disfrazado.

Pero finalmente vi a un grupo de gente con un aspecto de lo más extraño y tétrico: iban disfrazados de soldados de la Segunda Guerra Mundial. Todos estaban cubiertos de sangre artificial y algunos lucían muñones falsos en lugar de extremidades. Sostenían una gran pancarta en la que se leía: «Buscamos al soldado Ryan». Junto a ellos, una chica llevaba una enagua negra de encaje y una barba postiza. Y a su lado, un chico vestido de mafioso con una funda de violín.

La funda del violín fue la clave.

«¡Pare el coche!», grité.

La limusina se detuvo y Lars y yo bajamos. Entonces la chica de la enagua exclamó: «¡Oh, Dios mío! ¡Has venido! ¡Has venido!».

Era Lilly. Y a su lado, con un enorme manojo de intestinos sanguinolentos asomando de su chaqueta militar, estaba su hermano: Michael.

«Deprisa —nos dijo Michael a Lars y a mí—. Poneos en la cola. He comprado dos entradas más por si al final os daba tiempo de venir.»

Se oyeron algunos gruñidos a nuestras espaldas cuando Lars y yo nos introdujimos en la cola, pero Lars solo tuvo que volverse y dejar a la vista la funda de la pistola que llevaba junto al hombro para que los lamentos cesaran de inmediato. La Glock de Lars, al ser real y eso, intimidaba de veras.

«¿Dónde está Hank?», se interesó Lilly.

«No ha podido venir», le contesté. No quería explicarle por qué. Ya sabes, la última vez que lo había visto, bailaba con Gisele. No quería que Lilly creyera que Hank prefería a las supermodelos a…, bueno, nosotras.

«No puede venir. Perfecto», dijo Boris, con firmeza.

Lilly le lanzó una mirada de advertencia y luego, señalándome, me preguntó: «¿De qué se supone que vas?».

«Esto… –barboteé–. De Glinda, el Hada Buena.»

«Lo sabía –dijo Michael–. Estás muy…, estás muy…»

Parecía incapaz de acabar la frase. «Debo de estar –pensé, con el corazón oprimido– muy ridícula.»

«Vas demasiado elegante para ser Halloween, ¿no crees?», declaró Lilly.

¿Elegante? Bueno, elegante es mejor que ridícula, supongo. Pero ¿por qué no podía haber dicho eso Michael?

La miré de arriba abajo. «Hum… –le dije–. ¿Y tú? ¿De qué vas, exactamente?»

Se palpó la enagua y luego se ahuecó la barba postiza.

«Por Dios –exclamó, con un tono de voz muy sarcástico–. Soy un sueño freudiano.»

Boris señaló su funda de violín. «Y yo soy Al Capone –dijo–. El gánster de Chicago.»

«Muy bien, Boris», le dije, observando que llevaba un jersey y que, sí, lo llevaba por dentro de los pantalones. Supongo que no puede evitar ser totalmente extranjero.

Entonces alguien me tiró de la falda. Me di la vuelta y me encontré a Kenny, mi compañero de *bío*. También iba de soldado y le faltaba un brazo.

«¡Has venido!», ha gritado.

«¡Sí!», le contesté. La emoción que flotaba en el aire era contagiosa.

Entonces la cola empezó a avanzar. Michael y los amigos de Kenny del club de informática, que conformaban el resto del pelotón sanguinolento, empezó a marchar al ritmo de la cantinela: «Arrr, dos, tres, cuatro. Arrr, dos, tres, cuatro».

Bueno, no pueden evitarlo. Al fin y al cabo, son del club de informática.

Pero fue al comenzar la película cuando comencé a darme cuenta de que estaba pasando algo raro. En el vestíbulo del cine había maniobrado con gran astucia para acabar sentándome al lado de Michael. Lars debía quedar a mi otro lado.

Pero de alguna manera Lars fue desviado y Kenny acabó sentándose en su lugar, junto a mí.

No es que me importara… entonces. Lars se sentó detrás de mí. Apenas me había fijado en Kenny, aunque él no dejaba de intentar hablar conmigo, sobre todo de biología. Yo iba respondiéndole, aunque solo podía pensar en Michael. ¿De verdad creía que estaba ridícula? ¿Cuándo debía confesarle que sabía que él era Jo-C-rox? Había ensayado el pequeño discurso infinidad de veces. Iba a ser algo así como: «Eh, ¿has visto algo bueno en dibujos animados últimamente?».

Lamentable, lo sé, pero ¿de qué otra manera podía sacar el tema?

Estaba impaciente porque la película acabara para lanzar mi ofensiva.

Rocky Horror, aunque una esté impaciente por que se acabe, es muy divertida. Todos los personajes se comportan como lunáticos. El público arrojaba pan a la pantalla, abría paraguas cuando en la película llovía, y bailaba la «danza pélvica». Realmente es una de las mejores películas de todos los tiempos. Casi desbanca a *Dirty Dancing* como mi favorita, si no fuera porque en ella no sale Patrick Swayze.

Pero había olvidado que en ningún momento da miedo, así que no tuve oportunidad de fingir estar asustada para que Michael me rodeara con su brazo, ni nada.

Lo cual, si lo piensas bien, fue todo un fastidio.

Pero bueno, de todos modos había conseguido sentarme a su lado, ¿no? Durante dos horas. A oscuras. Algo es algo, ¿no? Y no paró de reírse y de mirarme para ver si yo también me reía. Y eso también era algo, ¿no? Me refiero a cuando alguien te mira para ver si te parecen divertidas las mismas cosas que a él. Seguro que eso es algo.

El único problema es que no pude evitar darme cuenta de que Kenny estaba haciendo lo mismo. Ya sabes, reírse y luego mirarme para ver si yo también me reía.

Eso tendría que haber sido otra clave para mí.

Al acabar la película, salimos del cine, fuimos a comer algo al Round the Clock, y allí es donde todo se volvió aún más extraño.

Ya había ido al Round the Clock, claro está —¿en qué otro local de Manhattan puedes comer un panqueque por dos dólares?—, pero nunca tan tarde ni con guardaespaldas. El pobre Lars parecía cansado. Pedía una taza de café tras otra. Yo estaba sentada a una mesa, constreñida entre Michael y Kenny —era divertido comprobar que seguía sucediendo lo mismo—, con Lilly, Boris y el club de informática al completo. Todos hablaban muy alto y a la vez, y yo no paraba de pensar en lo difícil que lo tenía para sacar a colación el tema de los dibujos animados, cuando de repente Kenny me dijo al oído: «¿Has recibido algún *e-mail* interesante últimamente?».

Me duele reconocer que ese fue el momento en el que empecé a caer en la cuenta de la verdad.

Debería haberlo sabido, claro.

No había sido Michael. *Michael no era Jo-C-rox*.

Creo que una parte de mí tenía que haberlo sabido. Me refiero a que no es propio de Michael hacer algo de forma anónima. Supongo que había estado sufriendo un estado de ensoñación grave o algo así.

Un caso de ensoñación MUY GRAVE.

Porque, obviamente, Jo-C-rox era Kenny.

No es que haya nada malo en Kenny. En absoluto. Kenny es un chico muy, muy majo. Aprecio mucho a Kenny Showalter. De verdad, lo aprecio mucho.

Pero no es Michael Moscovitz.

Miré a Kenny después de oír su comentario del *e-mail* interesante e intenté sonreír. De veras que lo intenté.

Le dije: «Oh, Kenny. ¿Eres tú Jo-C-rox?».

Kenny esbozó una sonrisa aguda.

«Sí —respondió—. ¿No lo imaginabas?»

No, porque soy idiota de remate.

«Vaya, vaya —le contesté, forzando otra sonrisa—. Por fin.»

«Bien —Kenny parecía complacido—, porque seguro que te acuerdas de Josie, ya sabes, de *Josie y las Gatimelódicas*. Canta en un grupo de rock y además resuelve misterios. Es genial. Como tú.»

Oh, Dios mío. *Kenny*. Mi compañero de *bío*, *Kenny*. Kenny, de un metro setenta, totalmente desgarbado, que siempre me da las respuestas en biología. Había olvidado que es sin duda el mayor admirador del mundo de los dibujos animados japoneses. Claro que ve el Cartoon Network. Prácticamente es adicto a él. *Batman* es su serie favorita.

«Que alguien me dispare. Por favor, que alguien me dispare.»

Esbocé una sonrisa, pero me temo que una sonrisa débil.

A Kenny no le importó.

«Y, ¿sabes? En los últimos episodios —añadió Kenny, alentado por mi sonrisa—, *Josie y las Gatimelódicas* van al espacio, así que también se convierte en pionera de la exploración espacial.»

226

«Oh, Dios mío, haz que todo esto sea solo un mal sueño. Por favor, ¡haz que esto sea un mal sueño y deja que me despierte para comprobar que no es real!»

Lo único que podía hacer era dar gracias al cielo por no haberle dicho nada a Michael. ¿Imaginas que le hubiera dicho lo que tenía previsto decirle? Habría pensado que había olvidado tomarme la medicación o algo así.

«Bueno —dijo Kenny—. ¿Te apetece salir algún día, Mia? Conmigo, quiero decir.»

Oh, Dios mío. Odio estas situaciones. Las odio. Ya sabes, cuando la gente dice: «¿Te apetece salir conmigo algún día?» en lugar de: «¿Te apetece salir conmigo el martes?», porque de esta manera uno puede inventarse una excusa, porque una siempre puede decir: «Oh, no, lo siento; el martes tengo que hacer tal cosa».

Pero una no puede decir: «Oh, no; no quiero salir contigo NUNCA».

Porque sería demasiado cruel.

Y yo no puedo ser cruel con Kenny. Me gusta Kenny, de verdad. Es muy divertido y dulce.

Pero ¿quiero tener su lengua en mi boca?

No, ni hablar.

¿Qué podía decir? ¿«No, Kenny.»? ¿«No, Kenny; no quiero salir contigo nunca porque resulta que estoy enamorada del hermano de mi mejor amiga»?

Una no puede decir eso.

Bueno, quizá algunas chicas sí puedan hacerlo.

Pero yo no.

«Claro, Kenny», le respondí.

Al fin y al cabo, ¿tan descaradamente mal podía ir una cita con Kenny? Lo que no mata, engorda. Al menos, eso dice a menudo Grandmère.

Después de eso, no me quedó más remedio que dejar que Kenny me rodeara con un brazo (el único que le quedaba libre, pues tenía el otro fuertemente sujeto debajo del disfraz para dar la impresión de haber sufrido una grave lesión tras la explosión de una mina de tierra).

Pero estábamos tan apretados en la mesa que el brazo de Kenny pasó sobre mis hombros y acabó empujando a Michael, que nos miró de repente…

Y luego desvió la mirada hacia Lars, muy deprisa, como si…, no sé…

¿Sabía lo que estaba pasando o quería que Lars se encargara de detenerlo?

No. No, claro que no. No podía ser eso.

Pero lo cierto es que al ver que Lars, que estaba muy entretenido vertiendo azúcar en su quinta taza de café de la noche, no levantaba la mirada, Michael se puso en pie de un salto y dijo: «Bueno, estoy hecho polvo. ¿Qué os parece si zanjamos aquí la noche?».

Todos lo miraron como si estuviera loco. Algunos ni siquiera se habían acabado el plato. Lilly incluso le dijo: «¿Qué te pasa, Michael? ¿Acabas de despertar de un hermoso sueño?».

Pero Michael cogió la cartera y se puso a calcular cuánto debíamos.

Entonces me levanté a toda prisa y dije: «Yo también estoy cansada. Lars, ¿puedes llamar al coche?».

Lars, encantado de irnos por fin, extrajo su teléfono móvil y se dispuso a marcar. Kenny, a mi lado, empezó a farfullar cosas como: «Es una lástima que tengáis que iros tan pronto» y «Entonces, Mia, ¿puedo llamarte?».

Esta última pregunta hizo que Lilly nos mirara a Kenny y a mí alternativamente. Y luego miró a Michael. Y entonces también se puso en pie.

«Vamos, Al –dijo, dándole a Boris una palmadita en la cabeza–. Larguémonos de este antro. No me gustan estos pájaros.»

Claro que, obviamente, Boris no lo entendió. «¿Qué es un antro? –preguntó–. ¿Y a qué pájaros te refieres? Yo no veo ninguno.»

Todos empezaron a rebuscar en los bolsillos para pagar la cuenta… y entonces recordé que yo no llevaba nada. De dinero, quiero decir. No tenía un bolso en que guardarlo. Ese era el complemento del conjunto para la boda que desafortunadamente Grandmère había olvidado.

Enlacé un brazo con el de Lars y le susurré: «¿Tienes algo suelto? Ahora mismo estoy sin blanca».

Lars asintió e hizo el ademán de coger la cartera. En ese momento Kenny, que había observado el detalle, dijo: «Oh, no, Mia. Yo te invito a unas crepes».

Esto, por supuesto, me horrorizó. No quería que Kenny pagara mis crepes. Ni los cinco cafés de Lars.

«Oh, no –le respondí–. No hace falta.»

Lo cual no causó el efecto deseado, pues Kenny añadió, orgulloso: «Insisto», y empezó a arrojar billetes de un dólar a la mesa.

Recordando que tengo que ser condescendiente por eso de ser una princesa, le dije: «Bueno, muchas gracias, Kenny».

Entonces Lars le alcanzó a Michael un billete de veinte dólares y le dijo: «Por las entradas del cine».

Solo que Michael no quiso aceptarlo –vale, era el dinero de Lars, pero papá se lo habría devuelto–. Parecía muy azorado y repitió: «Ni hablar. Invito yo», incluso después de que yo le insistiera sin respiro.

Y entonces tuve que decir: «Bueno, muchas gracias, Michael», cuando lo que de verdad quería decirle era: «¡Sácame de aquí de una vez por todas!».

Porque con dos chicos invitándome, ¡era como si hubiera quedado con los dos a la vez!

Lo cual supongo que en cierto modo era lo que había hecho.

Pensarás que estaba muy emocionada con todo esto, teniendo en cuenta que nunca había salido con *un* chico, por no hablar de con *dos* al mismo tiempo.

Pero no, aquello no era divertido en absoluto. Porque, en primer lugar, no quería salir con uno de ellos.

Y, en segundo lugar, era este último precisamente el que me había confesado que le gustaba…, aunque lo hubiera hecho de forma anónima.

La situación era verdaderamente desquiciante, y lo único que quería hacer era irme a casa, meterme en la cama, taparme hasta la cabeza con la colcha y fingir que nada de todo aquello había sucedido.

Pero tampoco podía hacerlo porque mi madre y el señor G. estaban en Cancún y yo tenía que quedarme en el Plaza con Grandmère y mi padre hasta su regreso.

Pero justo cuando pensaba que todo se estaba derrumbando como nunca antes, mientras todos se apiñaban en la limusina (bueno, varios me pidieron que los lleváramos a casa y ¿cómo iba a negarme? La verdad es que sitio no faltaba), Michael, que acabó sentándose a mi lado y que esperaba su turno para subir al coche, me dijo: «Lo que quería decir antes, Mia, es que estás…, estás muy…».

Lo he mirado, parpadeando bajo la luz rosa y azul de los neones situados a nuestras espaldas en la ventana del Round the Clock. Es asombroso, pero incluso bañado en luz de neón rosa y azul y con intestinos artificiales colgándole de la chaqueta, Michael seguía siendo increíblemente…

«Estás muy guapa con este vestido», ha soltado, de un tirón.

Le sonreí, sintiéndome de repente como Cenicienta… ¿Sabes, al final de la película de Disney, cuando el príncipe finalmente la encuentra y le calza el zapato y sus harapos se transforman de nuevo en el vestido de noche y los ratones salen y empiezan a cantar?…

Así es como me sentí… por un segundo.

Porque en ese instante una voz nos gritó: «¿Venís o qué?». Miramos a un lado y vimos a Kenny, que asomaba la cabeza y el brazo mutilado por la ventanilla del techo de la limusina.

«Hum… –balbuceé, sintiéndome total y absolutamente azorada–. Sí.»

Y subí a la limusina como si no hubiera pasado nada.

Y, en realidad, pensándolo bien, no había pasado nada.

Salvo que, durante todo el camino de regreso al Plaza, una vocecita en mi cerebro repetía sin cesar: «Michael me ha dicho que estoy guapa. Michael me ha dicho que *estoy* guapa. *Michael* me ha dicho que estoy guapa».

¿Y sabes qué? Es posible que Michael no escribiera aquellas notas. Y es posible que no crea que soy la chica más Josie de la escuela.

Pero creía que estaba guapa con mi vestido rosa. Y eso es lo que a mí me importa.

Y ahora estoy sentada en la suite de Grandmère, rodeada de pilas de regalos para el bebé, con *Rommel* temblando en el otro extremo del sofá, con un jersey de cachemira de color rosa. Se supone que tendría que estar redactando notas de agradecimiento, pero obviamente en lugar de hacerlo estoy escribiendo en el diario.

Sin embargo, nadie parece haberlo notado, supongo que porque Abuelita y Abuelito están aquí. Han parado de camino al aeropuerto para despedirse antes de volver a Indiana. Ahora mismo, mis dos abuelas están confeccionando listas de nombres de bebé y discutiendo a quién invitarán al bautizo (¡oh, no!, ¡otra vez no!), mientras que mi padre y Abuelito hablan sobre la rotación del cultivo, un tema importante tanto para los campesinos de Indiana como para los aceituneros de Genovia. Aunque, claro está, mi abuelo regenta una ferretería y papá es un príncipe. En fin. Al menos están hablando.

Hank también está aquí, para despedirse e intentar convencer a sus abuelos de que no se están equivocando al dejarlo aquí, en Nueva York, aunque, a decir verdad, no lo está haciendo demasiado bien, puesto que no se ha despegado del teléfono móvil desde que ha llegado. La mayoría de las llamadas son de las damas de honor de anoche.

Y estoy pensando que, en definitiva, las cosas no van mal. Voy a tener un hermanito o una hermanita, y he ganado no solo un padrastro que es excepcionalmente bueno en álgebra, sino también un futbolín.

Y mi padre ha demostrado que en el planeta hay al menos una persona que no le tiene miedo a Grandmère…, e incluso Grandmère parece un poco más «blanda» de lo habitual, pese a no haber ido a Baden-Baden. Aunque todavía no le dirige la palabra a papá, salvo cuando es estrictamente imprescindible.

Y sí, es cierto que luego tendré que quedar con Kenny de nuevo en el Village Cinema para ver una maratón de dibujos animados japoneses porque dije que lo haría.

Pero después iré a casa de Lilly y empezaremos a trabajar en el próximo episodio de su programa, que versará sobre los recuerdos reprimidos. Intentaremos hipnotizarnos mutuamente para comprobar si somos capaces de recordar nuestras vidas pasadas. Lilly está segura, por ejemplo, de que en una de sus anteriores vidas fue Isabel I.

¿Sabes qué? Yo por lo menos la creo.

Bueno, y después de eso, pasaré la noche en su casa. Hemos pensado alquilar *Dirty Dancing* y «*Rocky Horror*-ízalo». Tenemos previsto gritar respuestas tras las intervenciones de los actores y arrojar cosas al televisor.

Y hay muchas probabilidades de que mañana por la mañana Michael se acerque a la mesa de desayuno en pantalones de pijama y albornoz, y que olvide atarse el albornoz, tal y como hizo en una ocasión.

Lo cual, en mi opinión, sin duda serviría como momento profundo.

Un momento *muy* profundo.